Tull kiss label

DX

# 溺れるままに、愛し尽くせ

佐木ささめ

JN205829

この物語はフィクションであり、実在の人物・団体・事件等とは、いっさい関係ありません。

Sasame Saki Presents
佐木ささめ
Illustration 幸村佳苗
溺れるままに、愛し尽くせ
Oborerumaman
Aishitsukuse

# プロローグ

カラン、とガラス同士が軽くぶつかる音が、己の内側から響いた気がした。たまに自覚するその空虚な音が、今日はやけに大きく聞こえる。

原因はこの人かと、瀧元楓子《たきもとふうこ》は遠くにいる彼を見て思う。その人物をひと目見ただけで、自分には誰であるかが分かった。

高い鼻梁《びりょう》に切れ長で涼やかな瞳。彫りの深い美しい品のある顔立ち。身長はさらに伸びたのか、自分より頭一つ分以上は確実に大きい、そして日本人離れした逞《たくま》しい体躯《たいく》。

昔はあそこまで筋肉質じゃなかったのに、いったい何が起きたのかと楓子はやや混乱する。

隣を歩く先輩の濱路《はまじ》は、驚異的な美貌を見て唖然《あぜん》とした声を出した。

「噂通りのすっごいイケメンね。遺伝子の奇跡を見た感じだわ……」

そう呟きながら立ち止まってしまったため、隣を歩く楓子も足を止める。通路の奥から美人秘書を伴って近づいてくる彼の姿を、尻目に見ながら他人事《ひとごと》のように答えた。

「あの方が嶺河《みねかわ》室長ですか。本当にお若いですね」

東京《とうきょう》にある同業他社で働いていた彼は三十歳。その若さで自社――MCⅡ《エムシーツー》株式会社の役員に抜擢《ばってき》されるとは前代未聞だ。中部圏の通信インフラ工事を一手に引き受け、全国展開もする大手企業でもあるのに。

創業者であり、代表取締役会長でもある嶺河定嗣《さだつぐ》氏の孫というのも大きいが、それだけの実績を打ち立てており期待もされているのだろう。

通信建設業、いわゆる通建業界は既存事業の抑制傾向が鮮明となっている。上層部は総合エンジニアリング企業として、M&Aや新技術の導入等、事業領域の拡大を目指している。そのため新ビジネス推進室の担当となった嶺河の手腕に期待が寄せられていた。

仕事もできる美形の御曹司ということで、この場に居合わせた女子社員たちは全員彼に注目している。

しかし楓子は目を合わすことさえ恐ろしい。大きな体躯が近づいてくると、心の中で悲鳴を上げながら顔を伏せて身を縮める。

……嶺河はこちらを歯牙《しが》にもかけず通り過ぎていった。

助かった。楓子が大きく息を吐きたいのをこらえていたら、隣の濱路が感嘆の溜め息を漏らす。

「いやぁ、老けて見えるわけじゃないのに貫禄がある男ね。あれで私より年下って信じられない」

今年三十五歳になる濱路は子持ちの既婚者だったりする。

「そうですね。迫力があってちょっと怖い感じがします」

「あ、だから瀧元ちゃん、ビビってたの？」

そんなに露骨だったかと少し冷や汗をかきつつ曖昧《あいまい》に笑っておく。

しかし嶺河に素通りされたことで、若干気分は軽くなった。

彼と最後に会ったのは、もう十二年も前のこと。こちらのことなど完全に忘れ去っている様子なので、思い出すこともないだろう。それに役員フロアは本社社屋の十二階にあり、自分が所属する総務部は四階。そうそう会うこともないはず。

予想通りそれ以降、嶺河と顔を合わす機会はほとんど訪れなかった。偶然、彼とすれ違うこともあるにはあるが、嶺河は楓子をまったく思い出さない。目が合って微笑まれることもあるのに。

ラッキーだな。と彼女は心から安堵するのだった。

# 第一章

その日は思い返してみると、朝からツイていなかった。

目覚まし代わりにしているスマートフォンのバッテリーが寝ている間に切れてしまい、翌朝アラームが鳴らずに寝坊。慌てて身支度をして出かける直前、ヒールの踵《かかと》が折れて転倒。その際にストッキングを伝線。

着替えにかかったロスを取り戻すべく駅まで走ったが、いつもの電車には当然間に合わず。おまけに満員電車で密着したおじさんからいやらしい目で見つめられ、精神的ダメージをバンバン受けた。

電車を降りてダッシュしたおかげで、始業ミーティング一分前にオフィスへ到着。しかし寒風を真正面から受けて前髪が立ち上がり恥をかいた。

極めつけは総務課長の久賀《くが》からのお呼び出しだ。業務を始めた途端、いったい何事かと上司に付いていけば、連行された第三会議室では人事部長の小守《こもり》まで待機しているではないか。

——なんで小守部長がいるの？　って、まさかリストラ……

心の中で信じてもいない神と仏に救いを求めていたところ、朝から疲れた顔を見せる小守が溜め息混じりに口を開いた。

「総務部、総務課第二グループ、瀧元楓子さん」

「……はい」

「あなたに来週から秘書課へ異動してもらう」

言い放たれた言葉の意味を理解するのに数秒かかった。

――え。これって内示？

今は二月中旬、たしかにそろそろ組織変更と人事異動の検討が始まる時期だ。しかし一般職の自分は去年、総務部へ移動したばかりなので想像さえしていなかった。加えて言うなら、内示は文章で受け取ることがほとんどだ。人事部長が直接口頭で伝えるなど聞いたことがない。

「あの、これは打診ですよね？」

私の意向を確認して欲しい、との淡い期待を言葉に乗せたのだが、すぐさま久賀に否定された。

「すまないが決定事項だ。瀧元さんには嶺河室長の第二秘書に就いてもらう」

もっとも関わり合いになりたくない人物の名前を出され、上司の前だというのに不満を隠すことなく顔に出す。おそらく自分の顔には「やりたくありません」とキッパリ書かれているだろう。

それを読み取った小守と久賀は顔を見合わせ、なぜか強く頷き話し出した。

「じゃあ、彼女はもらってくから」

「はい。引継ぎは今週中に終わるよう調整します」

「はあー、これで落ち着いてくれるといいねぇ」

「瀧元はフォロー役が得意なので、秘書としてもうまくやってくれるでしょう」

いまだに固まる楓子を置き去りにして、上役たちが話をまとめている。

ごくりと口内に溜まった唾液を飲み込み、彼女は勢いよく挙手した。

「あの！　なぜ私なのでしょうか！　もっと適任の方が他にいると思われますっ！」

本音では声を大にして「そんな仕事やりたくないです！」と叫びたいところだが、社会人意識というか社畜根性が発揮されて控えめに問いかけておく。

すると小守は疲れを滲《にじ》ませながらも晴れやかな顔つきになった。

「実はね、嶺河室長の第二秘書がなかなか定着しないんだよ」

ＭＣⅡの役員秘書には二人が付き、第一秘書は経営補佐役にふさわしい総合職の男性が就任する。上司と共に経営戦略、全社戦略を立てる右腕的存在だ。ダイバーシティを推進する自社でも、このポジションに女性総合職が指名されたことはない。

それに対して第二秘書はすべて一般職の女性だ。彼女たちは上司の事務と雑務を一手に引き受ける、いわば〝秘書〟と聞いて思い浮かべるステレオタイプな存在。

嶺河が取締役に就任して八ヶ月の間に、その女性秘書たち全員が使い物にならなくなったという。

そこで楓子は首を傾げた。

「使い物にならなくなったとは、どのような状況でそう判断したのでしょうか？」

職場放棄したとか？　と、会社員としてはあるまじき行動を思い浮かべて軽く混乱していたら、上役たちは素早く目を合わせて胡散《うさん》くさい笑みを浮かべた。口を開いたのは小守の方だ。

「いろいろあってね。嶺河室長が第二秘書の交代を強く望まれているんだ」

「それは秘書課の方々が、嶺河室長の要求するレベルに達してないということでしょうか。それでしたら私ではとても彼女たちの代わりは勤まらないと思います」

第二秘書は事務と雑務担当ではあるが、彼女たちがいなければ多忙なボスの仕事は回らないとも言われている。自社では業務改革や組織改編で部署が廃止となるケースもあるけれど、秘書課が存続し、役員一人に二人もの秘書が付いているのは必要とされているからに他ならない。

その役目を担う秘書たちのプライドは高く、いい意味で仲間たちと切磋琢磨《せっさたくま》していると漏れ聞く。そのような競争意識や向上心を常に抱える人々に比べたら、自分はぬるま湯に浸かっている状況だ。

しかし上役たちは引き下がらない。

「大丈夫、君にならできる。無理だと思う人を推薦したりはしない」

秘書課長から第二秘書候補の相談を受けた小守が適任者を探したところ、久賀が楓子の勤務態度や真面目な性格を鑑《かんが》みて推薦したという。

——何よけいなこと、してくれたんですか……

恨みを込めて上司を睨《にら》んでも、久賀はどこ吹く風といった様子だ。

「嶺河室長の秘書は英語が堪能《たんのう》な人じゃないと駄目なんだ。海外とのやり取りも多いからね。その点、君は適任なんだよ」

「いやでも、英語ができる一般職女子なら他にもいますし……」

このままでは嶺河の秘書にされてしまう。焦る楓子が引き攣《つ》った笑みでお断りしたい旨を伝えるものの。

「瀧元さんのように、嶺河役員の秘書役に喜ばない子は貴重なんだよ。君以外にも秘書候補は何人かいたんだけど、どうも違うって感じでねぇ。給与も多少上がるからどうか受けて欲しい」

そう言い置いて小守は席を立ってしまった。すでに決定事項になっていることを察し、楓子は心の中で重い溜め息を吐き出す。

——もう、どうでもいい……

久賀から、「明日には辞令が出されるから」と告げられ、彼女は軽く頭を振って自席へ戻った。

§

「——嶺河室長、こちらが第二秘書候補の履歴書と今期の面談記録、人事評価シートです」

パソコン画面を睨みつけていた嶺河は、第一秘書の声で我に返ると眉間を指先でグリグリと強く押した。

「ようやく決まったか。仕事はできそうか?」

「さすがにそれは何とも言えません。ですがかなり評価はいいですよ。人事部長と総務課長のお墨付きです」

するとは嶺河の形のいい唇に皮肉っぽい笑みが浮かんだ。

「俺はこの会社に来てから、他人の評価ってやつを信じられなくなった。人事部長と総務課長が、自分の息のかかった社員を送り込んでくる可能性もあるだろ」

「お気持ちは分かりますが、そうなると誰も頼ることができませんよ」

ある程度は妥協してください。と、第一秘書の黒部《くろべ》が悲しそうな声で話す。

苦笑を見せる嶺河は部下へ右手を差し出した。黒部がすぐさま秘書候補の個人情報を差し出す。

嶺河は履歴書にある顔写真と名前をセットで見た途端、既視感《きしかん》に襲われて眉を顰《ひそ》めた。

「……何か、お気に障《さわ》ることでも?」

上司の表情をめざとく認めた部下も怪訝《けげん》な顔つきになるが、嶺河は首を左右に振る。

「いや。なんか気になるような……いやでも、会った記憶はないし……」

うーん、と思い出せずに悩む上司の珍しい様子に、黒部の方が興味を持ったのか履歴書をのぞき込む。彼の方はすぐに気がついた。

「嶺河室長の出身高校と同じですから、在学中にお会いしたことがあるのでは」

「えっ」

学歴の欄を指されて嶺河は部下の指先に注目する。自身の母校でもある、愛知《あいち》県内のトップレベルの進学校の名が記されていた。

嶺河の視線が生年月日の欄へ移動する。――俺より二歳下……三年生のときに会ったことがあるのか。

その途端、記憶の底から懐かしい顔が浮かび上がってきた。履歴書の添付写真よりも幼く、はるかにメイクの濃い顔が。

「ああ……、思い出した」

嶺河の唇が弧を描き、面白いおもちゃを見つけたかのような薄笑いを浮かべる。女子社員たちが騒ぎ立てる、「優しそうで素敵なイケメン」のイメージとは程遠い腹黒い笑みに、黒部は思わず眉間を押さえた。

「……お知り合いでしたか？　それなら彼女は秘書候補から外しましょうか」

「いや、いい。面白そうだし」

「面白そう……」

部下がものすごく微妙な顔つきになった。

「使えるなら長く使うし、使えなければ替える。それだけのことだ」

悪辣《あくらつ》な笑みを引っ込めて評価シートを眺める上司の様子に、厄介なことにならなければいいがと腹心は心の中で溜め息を吐いた。

§

異動の内示が言い渡された日のお昼、楓子は先輩の濱路へ「相談があるんです」と誘って会社からだいぶ離れたイタリアンレストランへ足を運んだ。たいていの社員は食堂を利用するため、ここまで歩くと会社の人間に会うことはまずない。

この店は自家製の生パスタが絶品でランチも混雑するが、オーナーシェフとコネがあるため、予約の電話を入れれば貸し切りでない限り席を押さえてくれる。ありがたい。

パスタランチのオーダーを済ませた楓子は、小声で内示の件を濱路に告白した。内示は他言無用であるものの、どうせ明日には辞令が発表されるので半日ほど早くても構わない。

話を聞く濱路は目を丸くした。

「えーっ、うちの秘書ってかなり大変な仕事って聞くわよ。お父さんのこともあるのに、落ち着かないわねぇ」

「父のことは大丈夫です。それより濱路さんの後輩で秘書課に異動された方がいましたよね」

「そうそう。瀧元ちゃんが総務《うち》に来るのと入れ替わりで異動したの。まあ、その子はずっと秘書課を希望してたんだけど」

竹中《たけなか》という名の後輩は入社以来、ずっと秘書業務に憧れていたらしく、秘書検定準一級にも合格しているという。——そういう、やる気のある人を長く使えばいいものを。

そこでサラダが運ばれてきたので二人してフォークを取る。ここのサラダはドレッシングがとても美味しくて楓子の好物だ。しかし今日ばかりは内示のショックで味がよく分からない。

「はあー。すみませんが濱路さん、その後輩の秘書さんに、どのような服装で出勤すればいいか尋ねてもらえますか」

ここはご馳走しますので、と付け足せば濱路はさっそく後輩へメッセージを打ってくれた。

普段の自分はオフィスカジュアルを好んで着用しているが、たまに見る秘書の女性たちはスーツを着ていた記憶がある。それは濱路も同じ意見だった。

「確かジャケット着用じゃなかったかな。靴も派手な色は禁止されてはいないけど、NGって聞いた気もするわ」

「週末に買いに行きます……」

「痛い出費ね。しっかし秘書課の女の子たちが全員使い物にならないだなんて、あの話は本当だったんだ」

あの話？　楓子が濱路の目を見つめれば彼女は肩を竦《すく》める。

「嶺河室長ってあの通りイケメンじゃん？　で、人当たりがいいうえ、女性に対して優しい紳士だってもっぱらの評判なのよ」

「あ、聞いたことあります。基本的に女性を尊重する人だって」

レディファーストが身に着いて素敵！　と、社員食堂で女性陣が盛り上がっているのを聞いたことがある。

軽薄というほどではないらしいが、親切にされて勘違いする女子社員が大量生産されているという。おまけに独身であるため、どうしても彼女たちは期待してしまうらしい。

——そういえば私も目が合った際、微笑まれたわ。

自分は嶺河に耐性があるためなんとも思わなかったが、あれほどの美男子かつ優良物件に優しくされたら、のぼせ上ってても仕方ないだろう。

しかし濱路は身を乗り出して首を左右に振る。

「それが違うみたいなのよ」

「違うって、女性に優しい人じゃないってことですか？」

「そう。これを主張してるのは例の秘書課の後輩なんだけど、嶺河室長って実は女嫌いじゃないかって」

いわく、嶺河は確かに紳士的だが、笑顔でさらりと毒を盛った話し方をするため、精神的なダメージを受ける女性秘書が多いという。それでも物腰の柔らかい嶺河に絆《ほだ》され、真面目に業務に取り組もうとするものの、やはり上司に惹かれてしまう。そして再び本人に心を抉《えぐ》られるという繰り返し。

「——で、とうとう精神を病んで退職した秘書もいたらしいのよ」

濱路の目が嘘を言っているような印象ではなかったため、楓子はゆるゆると食欲が減退してフォークを皿に置いた。

精神を病むって、どんな地獄ですか。そう思ったものの、異動先の上司がそこまで鬼畜《きちく》だと信じたくない気持ちから反論してみた。

「あの、毒を盛った話し方って、皮肉や嫌みを言うとかモラハラっぽいことですよね。でもそういう上司って結構いますし、それはたぶん秘書さんが嶺河室長に上司以上の感情を持ってしまったから、よけいにダメージを受けたのでは？」

「うん、そうだと思う」

あっさりと首肯《しゅこう》されて、「え？」と楓子は目を瞬いた。

「嶺河室長を好きにならなければ、毒舌を振るわれてもたいしたダメージにはならないと思うのよ。でもさ、瀧元ちゃんだってイケメン俳優とかモデルとか見たら、いいなって無意識に思っちゃうことあるでしょ？　そういう人がそばにいて優しく親切にされたら、そりゃあ惹かれちゃうわよぉ」

そんなものなのかな。楓子は力なく相槌を打つと、濱路はさらに身を乗り出してくる。

「問題はね、本人がそのことを分かっていながら優しくしていることなのよ。女心をもてあそんでいると言うか」

思い返してみれば過去の嶺河は性格の悪い男だった。傲岸不遜《ごうがんふそん》というか。

「なるほど。わざと女性に勘違いさせ続けるってことですね」

「そうそう。例の後輩だって彼氏がいて、そうそうイケメンになびく子じゃなかったのよ」

後輩の彼女は現在、社長の秘書グループに入って嶺河と接点はなくなり、ようやく目が覚めたと言っているそうだ。そしてその経験から、嶺河は表面上は穏やかな紳士だが、本性は女性を毛嫌いするゲイではないかと疑っているらしい。

思わず楓子はサラダを噴き出しそうになった。

「ゲッ、ゲイ……！」

「まあそれは後輩ちゃんの考えだから、単に嶺河室長が女たらしってだけなのかもしれない」

反射的に楓子の視線が天井へ向けられる。過去の嶺河を思い出しても、絶対にゲイだとは思わない。さらに言うなら女たらしのイメージもまったく湧かない。どちらかといえば唯我独尊《ゆいがどくそん》といった印象だ。

とはいえ、あれから十二年も経過しているのだ。人が変わるには十分すぎるほどの時間である。

「なんか、気をつけますとしか言えないです……」

「そうね」

濱路がうんうんと頷く様子を見ながら、まあ、なるようにしかならないか、と楓子は投げやりな気分になる。もし秘書として使い物にならないと判断されたら、他部署へ飛ばされるだけだ。クビにならず働けたらそれでいい。

そのときお待ちかねのパスタが運ばれてきた。忙しいのにオーナー自らテーブルに運んでくれる。

「お待たせしました。瀧元さんの方はチーズなしね」

「ありがとうございます。いつもすみません」

乳製品アレルギーの楓子を気づかって、ここのシェフは言わずともアレルゲンを除去してくれるため助かっている。

陰鬱《いんうつ》な話題をひとまず止めた二人は、いただきますと声を出してからフォークを持つ。

この店の名物である菜園風《オルトラーナ》ソースには、たっぷりの旬の野菜がトマトソースに加えられ、皿に盛られたパスタがこんもりとドーム状になっている。

見た目は結構なボリュームだが、意外に女性でもペロリと食べられる。酸味を感じさせるトマトの香りが、失せつつあった楓子の食欲を取り戻してくれた。

美味しい料理に舌鼓を打つ彼女は、心に燻《くすぶ》る重い感情を一時《いっとき》忘れることができた。


そして翌週の月曜日。楓子は新調したスーツを着て本社十二階にある役員フロアへ向かった。

この階はエレベーターを降りた瞬間から空気が違う。エントランスホールは階下の社員フロアとは異なり、毛足の長い絨毯が敷き詰められている。足を踏み入れると真正面にあるガラスドアの、すぐ向こう側にある扉が開いた。

きっちり髪を結った可愛らしい女性が、ガラスドアのロックを解除してくれる。

このフロア一帯、廊下までもセキュリティレベルは４。エレベーターの十二階ボタンが押された瞬間に、秘書課へ来客を知らせるチャイムが鳴ると聞いた。それと共にエレベーター内の監視カメラ映像まで送信され、誰が来ているのかモニタリングされる。さらにこのガラスドアは、指静脈を登録した秘書か役員が開けない限り部外者は入れない。もちろんすべての廊下は、自動追尾カメラによる監視がある。

このような聖域《サンクチュアリ》で働くことになるのかと、気持ちが引き締まる以前に怯えて逃げだしたくなってきた。

生理痛なので帰らせてください、と生理でもないのに言い訳を考えていると、ガラスドアから出てきた女性秘書がニコリと微笑む。

「瀧元さんですね。私は社長秘書グループに所属しております竹中と申します」

今日から二週間、社長秘書業務を抜けて楓子の研修指導を任されているとのこと。

楓子は竹中との名を聞いてハッとする。彼女が濱路の後輩である例の秘書なのだろう。予想が命中したらしく、竹中は人懐っこい笑みを浮かべてフランクな様子で喋《しゃべ》り出した。

「そのスーツ、素敵ですね。濱路先輩にはちょっと細かく指定しちゃったので、悩んでないかなぁって思ってたんですよ」

「あ、いえ。細かく教えてくださったので助かりました」

濱路を通して竹中から、嶺河はやや明るい色合いのスーツを好んで着用するため、隣に立つ秘書も地味すぎる服装はNGだという。特に安物の服を着ていくと、嶺河から『こんなに可愛いのに貧乏臭がするなんて、給料は足りてないのかな?』と笑顔で聞かれるそうだ。

事前に知っておいて助かった情報を、竹中からは山のように受け取っている。

なので動きやすく体形にフィットした、地味すぎず派手すぎないブランド物スーツを何着か奮発した。靴も同様に足が綺麗に見えて歩きやすい、今まで手を出さなかったクラスの品を購入。クレジットカードの請求金額が恐ろしいことになるだろうけれど、必要経費だと割り切った。

竹中へ、「今度、お礼にランチをご馳走させてください」と伝えれば飛び上がらんばかりに喜んでいる。自分と同年代らしき女性だが、可愛らしい人だ。

「では秘書課の者を紹介しますね。女性秘書は全員嶺河室長に悩まされてきたので、瀧元さんを全力でサポートします!」

「あっ、ありがとうございます……」

その後、嶺河の執務室を竹中と二人で掃除していると、背が高いひょろりとした体形の眼鏡をかけた男性が入ってきた。

すぐさま竹中が背筋を伸ばす。

「おはようございます、黒部さん! この方が本日より第二秘書になられる瀧元さんです」

楓子も慌てて姿勢を正し、黒部へ頭を下げた。

「瀧元です。秘書業務は初めてで何かと至らないところが多いですが、よろしくお願いいたします」

「こちらこそ、よろしく」

そう言いつつ、楓子の頭のてっぺんから爪先までじっと見つめてきた。真剣な眼差しを向けてくるため緊張してしまう。

ドキドキする心臓の鼓動を内側から聞いていたら、黒部は小さく頷いた。

「身なりはいいですね。髪形はもうちょっとゆるくした方がいいですよ」

「はいっ」

今まではセミロングの髪をハーフアップにしていたが、今日は一本も後れ毛が落ちないほどカッチリした夜会巻きに結っている。客室乗務員《キャビンアテンダント》のヘアスタイルをお手本にしたのだ。

しかしそれは竹中も一緒のはず。自分と同じぐらいの身長の彼女を見遣ると、「あっ」と声を上げた竹中が手で口を押さえた。

「ごめんなさい瀧元さん、言い忘れた！　うちの秘書課員はだいたいまとめ髪が多いんだけど、嶺河室長はコレが好きじゃないんです」

そう言いながら竹中が自分の頭を指している。楓子は目を瞬かせた。

「えっと、上司の好みに合わせて髪型を変えるのでしょうか？」

それってセクハラでは……。との楓子の心中の言葉に気がついたのか、竹中と黒部が同時に首を振る。

「違うのよ。よけいな嫌みを言われない防御策っていう感じかな？」

「そう。少しでも第二秘書が心安らかに働けるよう、摩擦の原因は取り除いた方がいい」

二人の先輩の主張に、脱力した笑い声が漏れそうになった。

――嶺河室長って、パワハラとモラハラとセクハラのトリプル使いなの？

そんなに女性秘書が嫌いなら、第二秘書も男性にすればいいのにと思う。

とはいっても実際問題、難しいだろう。第二秘書は事務のスペシャリストとはいっても、やはり経営補佐役の第一秘書とは業務内容がだいぶ違う。どうしても雑用といった側面が大きい。

第一秘書は出世コースだが、第二秘書は出世とは無縁である。二人とも男性にしたら目に見えない足の引っ張り合いが起こりそうだ。女性の嫉妬は醜いものだが、男の嫉妬はそれよりはるかに恐ろしいと、男性社会に身を置いていると肌で学ぶ。

身震いする楓子が宙へ視線を向けていたら、黒部がとりなすような声を出した。

「まあ、髪は明日から変えていただければ結構です。とりあえず仕事を覚えてください」

まっとうなことを言われて、竹中と黒部との三人で部屋の掃除を終える。

それから秘書課ミーティングに参加し、全員に挨拶をして名前と顔を頭に叩き込み、上司を迎える準備を整えた。


嶺河は昨日から中国《ちゅうごく》地方へ出張のため、今日は午後から出てくるとのこと。

新人の楓子は黒部から頼まれた会食の手配を、竹中に教えてもらいつつ彼女と共に進めた。

第二秘書のデスクは、役員フロア出入口に最も近い秘書課オフィスにある。用意された楓子のデスクは竹中の隣だ。ちなみに第一秘書のデスクは、執務室の隅をパーティションで区切って置いてある。

上司の会食相手は取引先の外国人とのことなので、必ず食事制限について調べないといけない。ベジタリアンやビーガンだったり、宗教上の理由で食べられない食物があるから。

先方へどのように尋ねるかの定型文や、押さえておきたいレストランの一覧は秘書課に用意してある。それをもとにメールを出し、次は経理事務。

経費支出申請手続きや、法人カードの支払い処理を教えてもらう。それが終われば取引先に関わる情報収集。もちろんすべて英語。関連部署に提出する場合は、日本語に翻訳してから資料としてまとめる。

その次は香港《ホンコン》事業所五周年記念イベントに贈る品を、黒部に相談しながら決めて——

あっという間に初日の午前中が終わった。時計の針が十二時を過ぎたとき、楓子は自分のデスクに突っ伏したい気分でいっぱいだった。

——秘書って、すごく、忙しい……

秘書課は才色兼備な方々が揃えられているせいか、華やかなイメージがあるものの内容は地味でハードだと思う。

「瀧元さん、お昼ごはんって決めてる？」

パソコンの電源を落とした竹中が笑顔で話しかけてきた。

「はい。私はアレルギーがあるからお弁当持参が多いんです」

食堂はアレルギー対応食を用意してないため、利用するときは鶏の照り焼き定食と、サバの味噌煮定食がほとんどだ。

「そっかぁ。じゃあ私、コンビニで何か買ってくるね」

財布を持った竹中が機嫌よくオフィスを出ていく。楓子は弁当バッグを持って隣のミーティングルームへ向かった。

ここは資料兼備品置き場も兼ねているため、少々乱雑な雰囲気が漂っている。しかしそこそこ広くて解放感があるせいか、たまに男性秘書が会議テーブルに突っ伏して寝ているらしい。

暖かな窓際を選んでバッグから保温ジャーとおかずの容器を取り出す。ちょうど竹中がコンビニ袋を持って入ってきた。……早い。しかも量が多い。おにぎりが二個と三角形のサンドイッチも二個。

「それ、間食用も買ってきたんですか?」

「ううん、いま食べるわよ」

細い体のわりに食欲旺盛のようだと楓子は感心する。

「ねえ、瀧元さんのアレルギーって何が駄目なの?」

「卵と乳製品と蕎麦《そば》です」

特に蕎麦は少量でもアレルギー症状が酷いため、アドレナリン自己注射薬も携帯している。

「そっかぁ、アレルギーがあるとつらいよね。私の甥っ子は大豆が駄目だから、醤油や味噌が使えないって聞いたわ」

竹中は人懐っこい印象の通りとても話しやすくて、秘書業務の教えを請《こ》いながら楽しく食事をすることができた。食後に給湯室からコーヒーを持ってきて二人でくつろぐ。

そのときドアが開いて専務取締役の第二秘書、椚田《くぬぎだ》が飛び込んできた。

「竹中さん大変！　嶺河室長が出社されたわよ！」

「ええっ！　もう？」

竹中が慌てて立ち上がってドアへ向かうので、楓子も急いで後を追った。

「とにかくお迎えしよう！　荷物は後で片づけるから！」

二人してエントランスホールへ向かうと、すでに黒部がガラスドアを全開にしていた。

「二人とも休んでるときに悪いね。とりあえず瀧元さんの挨拶が済んだら、休憩に戻っていいから」

はい、と楓子が頷いたときにエレベーターが開き、驚異的に整った容姿の長身男性が姿を現した。

三人の秘書が一斉に頭を下げたとき、深みのある低音ボイスが降り注ぐ。

「今日は一人多いな。顔を見せてくれ」

——この人、昔より声がいい。

そう思いながら楓子が姿勢を正す。同じ社内で嶺河とすれ違うことはあっても、大人になった声を聞くのは初めてだった。耳心地がよく色気がある素晴らしい声音だ。声だけを聴くなら、人格も素晴らしいのではないかと思い込んでしまうほど。

イケメンだけではなくイケボとは、あなた王様ですかと真顔で尋ねたい気分になった。

「本日より嶺河室長の第二秘書を務めさせていただく瀧元です。よろしくお願いいたします」

「はい、よろしく。大変だろうが頑張ってくれ。俺の下につくのは嫌だと泣いて拒絶されるのは心が痛いからね」

その途端、隣に立つ竹中の顔にムッとした表情が浮かんだ。彼女もまた『俺の下につくのは嫌だと泣いて拒絶』した一人なのかもしれない。彼女の場合は泣いてないかもしれないが、拒絶はしているだろうし。

——うーん。でも、なんだかな。

無言で一礼すると上司は足を踏み出した。そのまま執務室へ向かうと思ったのだが、顔を伏せる彼女の視界に磨かれた革靴が入って驚く。視線を上げると悪戯《いたずら》っぽい笑みを浮かべた上司が目の前に立っているではないか。

何も言わず楓子は一歩下がった。すると嶺河が一歩前に踏み出し、「なんで離れるんだ」と悪辣に笑う。

「……近すぎるのは失礼かと思いましたから」

単に圧迫感が強くて息苦しいため、距離を置きたいだけです。との声はもちろん心の中にしまっておく。

大人になった嶺河の第一印象は、肉厚な男の人、だった。身長が高いというのもあるが、筋肉《ウエイト》体操《トレーニング》でもやっているのか胸板が素晴らしく厚い。肩幅も広い。

以前もたまにすれ違ったとき筋肉質な体型だと気づいていたが、間近で見ると「脱いだらすごいだろうな」との気配が伝わってくる。文句ない美形でも自分的には男くさいというか、タフすぎるといった印象でぶっちゃけ暑苦しい。

あと彼がこの場に来てから、一度も竹中に視線を向けていないことが気にかかった。無視しているというより一顧《いっこ》だにしない態度だ。その割には冗談めかして当てつけを吐き出している。

――なんか、いけ好かない。

上司にしてみれば逃げ出した部下なんて気に食わない存在だろうが、言い方がスマートじゃない。なるほど、これでは竹中が上司を女嫌いのゲイだと言いたい気持ちも分かる。

といったことを頭の中で考える楓子は、意図せず無言のまま嶺河を凝視してしまった。無表情ではあるが人によってはガンを飛ばしている様相にも見える。現に黒部と竹中がハラハラしているが、集中する楓子は気づいていない。

やがて嶺河がフッと形のいい唇の両端を吊り上げた。

「どうした？　俺に見惚れているとか？」

「いえまったく」

即答すれば上司は虚をつかれたような顔つきになっている。確かにこんな絶世の美男子と見つめ合ったら、普通の女の子なら心がざわめくだろうとは思うが。

そのとき黒部の声が割り込んできた。

「室長、ここで話し込むのはちょっと……」

移動を促す声で嶺河が肩を竦め、己の執務室へと歩き出す。付き従う黒部が振り向きながらミーティングルームを指したので、休憩に戻っていいとのことなのだろう。

上司の姿が消えてから竹中を振り返った。

「ヘアスタイルのこと、何も指摘されなくてよかったです」

ニコリと微笑んだのだが、竹中の顔はやや引き攣っている。

「瀧元さん、強い……」

返事を期待していない独り言のようだったため、聞こえないふりをしておいた。おそらく心理的に強いと言いたいのだろうが、自分はそうは思わない。ただ、嶺河を見て何も感じなかっただけ。

心が動かない。好きとも嫌いとも思わない。

愛の反対は無関心だというが、確かに関心を抱かなかった。単に給料をもらうための職場の上司としか。

それ以上でも以下でもない、自分の心のありように安堵する。これならば嶺河に何を言われても動じることはなさそうだ。

――うん。大丈夫かな。

たしか人事部長は給与も以前より増えると言っていたので、このまま長く働いていたいと心から思った。

# 第二章

嶺河が新しい第二秘書を迎えて二ヶ月が経過した。今は新年度の四月中旬、桜も完全に散り落ちて、穏やかな気候の過ごしやすい日々が増えている。

上着《ジャケット》を脱いだ嶺河は、自席で黒部から送付されたＰＤＦを読んでいた。

午前中に行われた、事業提携先担当者との会議の議事録だ。文責として瀧元の名前が記されている。

文章は分かりやすく要点が簡潔にまとめられており、英語での業界用語《ジャーゴン》を間違えることなく聞き取っていた。耳がいいのだろう。

ちょうどそのとき、決裁書類の束を持った黒部が入室してきた。嶺河はノートパソコンのディスプレイを百八十度回転させて、部下にＰＤＦを見せながら口を開く。

「彼女、なかなか優秀だな」

第一秘書はメガネのブリッジを指先で押し上げつつ頷いた。

「はい。予想以上で、これは嬉しい誤算でした」

何より口が堅いです。と、付け加える黒部の声はしみじみとしている。助かったとのニュアンスが含まれる声に、それは嶺河も同感だと頷いた。

秘書は会社の頭脳の中にいる。機密事項に触れ、重要書類を扱い、上層部の人脈を把握し、役員のプライベート情報さえも握っている。そのため部外者へは社内外秘だけでなく、上司に誰の電話を取り次いだのか、誰に会うのか等のささいなことも、たやすく口外してはいけない。

しかし以前、第二秘書から機密情報が漏れたため、秘書課長は新人が同じ愚を犯さないか今でもピリピリしていた。

嶺河が自身の第二秘書を信頼しない原因は、最初の女性秘書が情報漏洩を行っていたからに他ならない。その頃、秘密裏に進めていた新事業の情報を投資家に売り、インサイダー取引に利用するつもりだったらしい。

彼女の不審な行動に嶺河がいち早く気づき未然に防いだものの、その秘書は情報漏洩の常習犯であったらしく、〝精神を病んで退職〟という名目の懲戒解雇となった。彼女の元上司であった役員は監督責任を問われて関連会社へ飛ばされた。

もし彼女の犯行に気づかなければ自分もああなっていたのかと、嶺河は静かにブチ切れたものである。

会長職に就く祖父は不祥事に厳しく、孫といえども容赦はしない。別にこの地位に固執するつもりはないが、就任早々監督責任を問われるなどプライドが許さなかった。

ゆえに嶺河は、秘書課に在籍する女性秘書たちに気を許していない。彼女たち全員が怪しく思えてならなかった。

もちろんそれは偏見であり、男性秘書だとしても不祥事を起こす可能性があると理解している。が、オフィスだというのに期待のこもった目でウルウルと見つめられ、第一秘書を通すこともすっ飛ばしてデスクへ近づく態度が気に入らない。そしてこちらの機嫌が悪くなると、泣く。

——そんなに顔のいい男が好きなのか。だったら自分の男を整形させろ。

嶺河は就任当時、毎日のように黒部へ愚痴を零《こぼ》したものだ。

従来の女性秘書を受け入れられない以上、一刻も早く秘書課員以外から秘書を迎えたかった。あえて彼女たちが逃げ出すよう仕向けたのは大人げないが、同じ態度を現在の第二秘書は柳に風と受け流すので、やはりあいつらは根性なしだと思う。

念願の他部署から来た瀧元は、人事部長と総務課長の折り紙付きだ。

元上司の久賀に頼み、瀧元との雑談の中で、嶺河の業務についてさりげなく聞き出すテストを行った。が、彼女はのらりくらりと追及の矛先を躱《かわ》したという。機密保持の点では合格だ。まあ、そうでないと困るのだが。

嶺河は現在、中国地方の同業である岡山《おかやま》通建株式会社と、株式交換を通じた経営統合を進めている。

岡山通建は中国地方における官公庁及び一般企業からの、通信設備・電気・土木等の工事請負だけでなく、情報通信技術《ICT》関連事業、情報システム開発事業、半導体製造装置設置・保守事業に強みがある。

事業領域の拡大を目指すＭＣⅡにとって逃がしたくない相手だ。

なので口が堅い瀧元の存在は助かる。安心して業務を任せられるので、黒部は抜け毛が減ったらしい。

――でも、前髪はちょっと後退したような。

上司が心の中で酷いことを考えていたら、その部下は上司の前に書類を順番に並べつつ口を開いた。

「瀧元さんは常に感情が安定しているので、仕事も頼みやすいですね。少し笑顔がぎこちないですけど、私情を挟まないでビジネスライクに業務を進めてくれるから助かります」

ふーん、と反応する嶺河が宙へ視線を向ける。

「そういえば昔っからあまり感情をさらけ出さない子だったな」

過去の関係を匂わせる言葉に、黒部がこめかみをピクリと震わせた。

「……あの」

「ん？」

「立ち入ったことをお尋ねしますが、瀧元さんは室長とどのようなご関係で――」

「元カノ」

あっさりと言い放てば、動揺する黒部が手に持っていたタブレットを落としそうになっている。悪戯が成功したかのように嶺河が小さく笑った。

「そんなに驚くなよ。おまえだってなんとなく想像してただろ」

「その、もしかしたらと思いましたが、そのような気まずい相手を部下にするとは信じられなかったので……」

「別に俺は気まずくもないし、なんとも思わない。向こうも昔のことなんて思い出したくもない様子だし、その方が仕事はやりやすいし。今までの秘書のように鬱陶《うっとう》しくないから俺もありがたい」

クスクスと楽しそうに笑う嶺河が、あまり表情を動かさない部下の顔を脳裏に浮かべる。毒を混ぜた話し方をしても動じない無表情を。

嫌がるわけでもなく、愛想笑いで誤魔化すわけでもなく、淡々と受け入れて業務をこなす姿は好感が持てた。骨のある人間は嫌いじゃない。

——でも澄ました顔ばかりだと、崩してやりたくなる。

子どもっぽいことを考えているとは分かっているが、再会してから見続けているポーカーフェイスを変えてみたくなった。

「なあ、このまえ言ってた元衆議院議員のパーティーって、来週にあるよな」

「はい」

「あれ、第二秘書を連れていくから」

うぇっ、と部下が奇妙な声を出したが無視しておく。新しいおもちゃを見つけたかのような表情で嶺河はうっすらと笑った。

§

楓子の出社後の定型業務《ルーティン》は、執務室の掃除にメールチェックと秘書課の全体ミーティング。そして嶺河を迎えたら、その日一日のスケージュールを上司と第一秘書の三名で確認することだ。

異動になったばかりの頃は秘書課のデスクで命じられた事務と雑用をひたすらこなし、慣れない仕事に邁進《まいしん》する日々だった。おかげで嶺河とは毎日顔を合わすものの、想像していたより接する機会は少なく、心から安堵した記憶がある。

総務部の元同僚たちとの飲み会でそのことを話せば、楓子のポジションを羨《うらや》む女子たちも、『秘書といっても第二だとそんなものなのか』と驚いていた。

この間、楓子は秘書課のスタッフとも信頼関係を築き、予想外に充実した日々を送ることになった。

しかし秘書課勤務が二ヶ月近くになると、スケジュールの管理をすべて任されることになった。次いで会議体の設計と参加の取りまとめや、嶺河が出す社内外文書の代理作成などなど、少しずつ仕事内容が雑用から変化してきた。

それに今まで上司への報告はすべて黒部へ伝え、彼が嶺河へ判断を仰ぐといった面倒くさいことをやっていた。が、今では直接嶺河へ報告し、彼のデスクで話し合うことも多い。

黒部いわく、『我々は嶺河という名のチームです。あなたもチームの一員なので、上司のために働くのではなく、上司と共に成果を出すことを考えてください』とのことだった。

——少しずつ歩み寄って、少しずつ完成させればいいのかな。

そんなことを考えながらワークチェアに座る嶺河を見遣る。

彼はコーヒーを飲みながら、楓子が報告するスケジュールにぶうぶうと文句を言っていた。「経済誌のインタビューなど他の役員に振り分けろ」とか、「財界の定例会など会費は振り込むが不参加だ」とか、いい歳のビジネスマンとは思えない我が儘を零している。

……やんちゃ坊主がそのまま大人になったようだ。

まあ、上司はよく第一秘書に愚痴を零しているので、これは彼のストレス発散の一部なのだろう。どうしましょう？　との意見を目線に含ませて隣の黒部を見上げると、頷いた彼は上司の意見を最大値まで取り入れつつ、嶺河自身が動かなくてはどうにもならない部分だけ説得している。

黒部は上司の操り方——いや、話の持っていき方がうまい。こう話せばいいという手本がそばにいるのは学びがいがある。

楓子はスタイラスペンを手にすると、タブレットに黒部の話法をまとめながら記入していく。彼女の意識はずっと黒部へ向けられていたため、上司が自分を見ていることにまったく気づかなかった。

「――君はいつも黒部を見ているな」

ん？　と楓子が顔を上げれば、嶺河が不機嫌そうな顔つきでこちらを見上げている。

「……黒部さんは先輩秘書として勉強させていただくところが多いため、意識を向けることが増えているだけと思います」

「素晴らしい向上心だ。君が黒部のポジションに立つ日も近い」

一般職女子が第一秘書になれるわけないでしょ。そう思ったものの当然顔には出さない。精進します、と無表情で答えるだけにとどめておく。

すると嶺河は口の右端を吊り上げて皮肉っぽい笑みを浮かべた。

「では精進してもらおうか。来週末、俺が出席するパーティーの同伴役を命じる」

「……かしこまりました」

上司に言われたことを秘書は否定してはいけない。とにかく頷いて後で対策を考えること。そう竹中から言い含められていたため頷いた。しかしパーティーへの同伴とは何をするのだろう。

不思議に思って黒部を見上げると、彼はさっと目を逸らした。すぐさま嶺河の声が飛んでくる。

「こら。詳細を知りたいなら俺に聞きなさい」

……昔からこの人は子どもっぽいところがあったが、大人になってもそれは変わらないようだ。

素直に上司へパーティーについて尋ねたところ、政界を引退し息子に地盤を引き継がせた元政治家が、自叙伝《じじょでん》を出版したのでそのお祝いをする会だという。

いわく、嶺河が一人で出席しても構わないパーティーなのだが、自分が単独で華やかな場に行くと鬱陶しい女たちに囲まれるため、それらをあしらうのが面倒くさいから連れていく、とのこと。

楓子は、「思いっきりプライベートな理由じゃん……」と眉を顰めたいのをグッとこらえた。

秘書という仕事がどのようなものかはすでに理解している。役員の私事を秘書が処理することは避けられないのだ。なるべく私事を職場に持ち込まないタイプもいるそうだが、嶺河は正反対のようだ。

まあ、人との付き合いはビジネスにつながり、利益に結びつく可能性も大きい。会社に必要なものともいえる。

胃を悪くしてようやく一人前と言われる職業、秘書。……笑えないと思いつつ「かしこまりました」と楓子は頭を下げた。しかし。

「君がいれば女たちも蜘蛛の子を散らすように逃げていくだろう。期待はしていないが」

爽やかな笑顔で言い切られ、楓子は表情筋が動きそうになった。自分は同性を威嚇《いかく》できるほど美人ではない。

「……善処します」

あえて不屈の笑顔で了承し、脳内で上司の整った顔を二、三発ほど殴っておいた。

そして翌週末、午後五時にいったん業務を終えた楓子は、嶺河と共にハイヤーで会社を出る。明日からゴールデンウィークなのでこの時刻に仕事が終わるはずもなく、翌日は休日出勤をする予定だ。悲しい。

黒部からは申し訳なさそうな顔で見送られたため、残業を引き受けてくださいと言いたかったが、彼の方も休み前で仕事が溜まっている。しかも連休中は家族で海外旅行を計画しているそうなので、早く帰りたいだろう。

それに対して楓子は予定がない。いや、まったくないわけではないが、遊びに行くわけではないので融通が利く。それでも連休中に出勤など、心理的にやりたくない……

溜め息が漏れそうになるのを意志の力でグッとこらえる。なにせ隣の席には嶺河がいるのだ。ここで溜め息なんて吐いたら皮肉が飛んでくる。

だがそこで不思議に思う。上司は皮肉屋かもしれないが、秘書を精神が病むまで追い詰めるような鬼畜には思えない。今までの女性秘書たちは何が問題だったのだろう。

考えても答えなど出るはずもなく、楓子は元政治家の自叙伝とやらを読み直すことにした。

本日のパーティーは会費制で、参加者にはサイン入りの本が贈られる。なので買う必要はないが、秘書課スタッフへ今日のパーティーについて相談したところ、とあるアドバイスをもらったため購入したのだ。経費で。

しかし内容をおさらいするつもりでページをめくったら、すぐに目的地となるホテルへ到着した……と思っていたのに、降ろされた場所は商業エリアにある店舗だった。ショーウィンドウに飾られるマネキンがあり、ブティックと思われた。

――なんで？

嶺河に促されて車を降りた楓子は、脳内にクエスチョンマークをいくつも浮かべながら大人しく付いていく。店に入れば店主と思われる背の高い美人が出迎えた。

「いらっしゃいませ、嶺河様。地元に戻られていたとは存じませんでした」

楓子へも如才《じょさい》なく笑顔を見せる彼女は、年齢不詳の美しさを持つ女性だ。

「お久しぶりです、藍《らん》さん。いくつか見せてください」

「はい。こちらにご用意しております」

ハンガーラックにかけられているドレスを一着ずつ手に取って眺める嶺河は、その中から海を連想させる、鮮やかなターコイズブルーのカシュクールロングドレスを選んだ。袖がフレアレースになっており、可愛らしさと上品さが相まったデザインである。

藍と呼ばれた店主はドレスと楓子を交互に見て、「いい選択です」と力強く頷く。

「靴はわたくしにお任せくださいますか」

「ああ、頼みます」

……ここまでくると楓子もさすがに嶺河の意図に気づいた。自分は退社時、明るい色のワンピーススーツに着替え、コサージュと派手目のアクセサリーを身に着けている。しかし上司的には不合格だったらしい。

店主がドレスを持って楓子を店の奥へ案内しようとするため、慌てて嶺河へ訴えた。

「あのっ、私、何も聞いていないのですが……！」

「そりゃそうだ。言ってない」

笑顔で言い返されて楓子は脱力しそうになる。

「……秘書課の方々からは、この服で大丈夫だと言われましたが」

「俺は連れて歩く女性に地味な格好をさせるつもりはない」

地味ですか、これ。楓子は自分を見下ろして複雑な気持ちになる。……そりゃ、スーツだからドレスより華やかさに欠けるけど。

その場で立ちすくんでしまったが、嶺河に「時間がなくなるぞ」と言われて渋々店主の後を追う。

店の奥にあるレール式の扉を開けると中の部屋はとても広く、驚いたことに美容室のような造りになっていた。

大きな鏡とリクライニングチェアは一組しかないが、その隣にはお馴染みのシャンプー台に、ハサミやメイク用品を乗せた二台のワゴン。そして奥には三畳の畳が床に埋め込まれており、フィッティングエリアだと思われた。

——うわっ、すごい！　ここはたった一人のお客さん用美容室なんだ。

キョロキョロと部屋の中を見回していたら、微笑んだ店主に畳へと案内される。ドレスに着替えたらチェストにある呼び鈴《ベル》を鳴らしてください、と言い置いて彼女は部屋を出ようとする。

そこで慌てた楓子は彼女を呼び止めた。

「あの、ちょっとご相談が……」

嶺河に知られたくなかったため、そっと袖口をめくると店主は驚いた表情になった。彼女はすぐに楓子の言いたいことを察したらしく、「隠せるものをお持ちします」と言い置いて部屋を出る。

すぐさま総レースの黒いロンググローブを持ってきた。

肘まで覆う美しいレースの手袋に、楓子は安堵の息を吐く。ありがたく受け取ると店主は何も言わず、一礼して部屋を出ていった。

「はー、こういうお店も世の中にはあるんだな。儲かるのかしら」

よけいなお世話といえる呟きを漏らしながら、楓子は手早くドレスに着替えてベルを鳴らす。このベルがまたアンティーク調のハンドベルなので、メイドを呼ぶ気分を感じさせるから居たたまれない。

部屋に入ってきた店主は五つもの靴箱を抱えていた。すべて踵が九センチ以上のハイヒールだったため、そんな踵の高い靴を履いたことがない楓子は冷や汗が垂れそうな気分を味わう。

「どれがいいかしら……」

形のいい顎《あご》を指先でつまむ店主が呻《うな》っているので、楓子はバッグと同色の黒い靴をお願いした。

そのヒールがちょうどぴったりのサイズだったため、店主はそれを楓子に履かせてリクライニングチェアへ導き、ケープで全身を覆う。

「お急ぎと聞いておりますので、簡単に整えさせていただきますね」

「え。あ、はい。お願いします」

どうやら嶺河はヘアメイクにも駄目出しをしたようだ。

これは本当に秘書の仕事の範疇《はんちゅう》なのだろうか。と、悶々と悩みつつも大人しく口を閉じる。

店主は手早く楓子のメイクを落とし、目元を際立たせる派手目な化粧を施した。それからふんわりと結ってあるセミロングの髪をほどき、ゆるく巻いてハーフアップにする。

「できました。いかがですか？」

「……あ、はい。すごいです……」

鏡の中の自分を見つめる楓子は小さく頷く。この店に来てから驚いてばかりだが、今はさらに驚いている。プロがメイクをするとここまで変わるのか。

自分は奥二重でやや目が細めなのを気にしているが、今はその特徴を生かした切れ長の涼しげな目元になっている。可愛いと綺麗が絶妙なバランスで絡み合う美人が自分を見つめていた。

今後はメイク教室に通うべきか、と本気で思いながら鏡を凝視していたら、チェアを回されて視線が強制的に移動される。

——ああ、もっと自分を見ていたかった。

ナルシストっぽいことを考えつつ立ち上がり部屋を出る。

このブティックは洋服が並べられるエリアの片隅に、サロンのような場所があった。アンティーク調のソファでスマートフォンを眺めていた嶺河が、二人分の足音で顔を上げる。

その美しい瞳が楓子へ向けられた途端、口を半開きにして目を丸くしつつ固まるという、今まで見たことがない顔つきになった。

「いかがでしょうか。お連れの方は青みが強い色白肌なので、嶺河様が選ばれたお色がよく映《は》えます」

美人店主が話かけても、嶺河の眼差しは楓子の全身から離れない。いかにも「すっごく驚いた！」と言いたげな視線に、楓子の顔が羞恥で伏せられる。そこでやっと嶺河が立ち上がった。

「……素晴らしいな。まさか君がここまで美しくなるとは思わなかった。惚れてしまいそうだ」

ドキリと楓子の心臓が震える。おそるおそる顔を上げると、やや目元を赤くした嶺河がこちらを見つめていた。その表情は、小さな子どもがサンタクロースのクリスマスプレゼントを喜ぶようだった。

――この後、必ず皮肉が飛んでくるはず。

そう身構えていたのに、いつまでたっても彼の口から毒は吐き出されない。それどころか店主の両手をガッチリと握っている。

「ありがとう藍さん。さすがだ」

「こちらこそありがとうございます。葵《あおい》さんによろしくお伝えください」

笑顔で二人が頷き合っていると、店の前に停まった黒塗りの車から白手袋をはめた運転手が降りてくる。先ほどのハイヤーだ。

上機嫌の嶺河に促されて楓子は車に乗り込んだ。

支払いをしていないことに気づいたのは発進した後だった。

「嶺河室長、あそこのお代はいくらでしょうか」

ドレスに靴にヘアスタイリング代とメイク代。自分の手持ちで払えるとは思えない金額が予想される。しかし上司は「さあ？」と笑顔ではぐらかし、楓子の左手を取る。

「必要経費だと思ってくれ」

優雅な手つきで触れられたため、セクハラだと振り払う考えも起きずに楓子は困惑する。でも、と反論しかける彼女を嶺河が真っすぐに見つめてくるから、楓子は言いかけた言葉を飲み込んでしまった。

「本当に綺麗だ。君はちょっと派手な化粧の方が似合うんだったな」

過去をほのめかす言葉に楓子の胸が大きく跳ね上がった。上司の手の中からそっと自分の手を引き抜いてうつむく。

今まで彼が自分との過去を匂わせる言動をしたことは一度もない。もうかなり昔のことなので忘れ去っているだろうと、楓子は己の願望もあって思い込むことにしていた。けれど今、何気なく漏らされた言葉から嶺河は自分を覚えているのだと悟る。

――元カノだから、秘書に据えたわけじゃないよね……？

普段の自分なら考えないような愚考が頭の中に噴き上がる。呆然と固まっていたら、隣から長い指が伸びて己の顎を強制的に上げてきた。嶺河の美しい顔が予想外に近く、今度は心臓が縮みそうな衝撃を受けた。

「いいね。実に俺好みだ。――どうだ、俺と結婚しないか？」

今度は心臓が萎縮《いしゅく》し、停止したかと思うような痛みを感じた。思わず自分の胸あたりを押さえて色気のない呻り声を漏らす。

「ご、冗談、を……」

「うん、冗談だ」

あっさりと晴れやかな笑顔で告げてくるから脱力しそうになった。……そうだ、こういう人だった。

なんとも言えない表情で体を引いた楓子は、上司の前なのに溜め息を吐くことを止められなかった。すると嶺河が低い声で笑いだす。

「すまん。君があまりにも美しくて、少しからかいたくなった」

彼はいつもの人を食ったような表情ではなく、しかも心からそう思っていると感じさせる口調だった。さらに初めて見る無邪気な笑みまで大盤振る舞いされて、心が大きく揺れるのを楓子は自覚する。

これは濱路の言う通りだと、彼女との会話を思い出した。

『イケメン俳優とかモデルとか見て、いいなって無意識に思っちゃうことあるでしょ？』

――なんかすっごく分かりました濱路さん。

心の中で先輩へ頷く楓子は遠い目になる。確かに今、嶺河の微笑に見惚れてしまった。そんな自分が憎い。

楓子が硬直していると、機嫌のいい嶺河が彼女のゆるく巻いた髪を指先でいじっている。素早く身を引けば、彼はわざとらしい悲しげな表情を作った。

「ああ、自分好みの美女がそばにいるというのに、つれないなんて実に残念だ」

「これはメイクの力なので、本当は違うと室長もご存知ですよね」

「ご存じだけど、男なんて単純だから美人がそばにいたら反応する。女性だってそうだろ」

「え」

「イケメンが近くにいたら無意識に見たりしないか？　まあ、君は俺の顔に興味がないようだけど」

自分で自分をイケメンだと言い切る上司の自信がすごい。そう感心したと同時に、先ほどの己の考えをズバリと言い当てられて赤面する。

そう。結局、人は顔なのだ。

もちろん中身も重要なのだが、出会ってすぐには相手の為人《ひととなり》など分からないため、第一印象を決めるのは顔を含む外見が重要となる。

例えば合コンで話しやすい好印象の男性二人と知り合ったとき、片方はイケメン、片方は普通以下の容姿だったらイケメンの方に気持ちが偏る。容姿が整っているだけで相手に好印象を与え、双方の距離を縮めやすくするのは自明の理なのだろう。

しかしそこで疑問を抱く。

「でも……、美人というなら秘書課の女性たちは、皆さん私より美人ですよね」

その途端、嶺河の眉間に縦皺が寄って不機嫌そうなオーラが噴出した。その変貌ぶりに楓子はまじまじと綺麗な顔を注視してしまう。

上司は前のめりだった体を起こしてシートに背中を預けると、「君ならいいか」と呟いておもむろに口を開いた。

「瀧元」

「あ、はいっ」

上司が楓子を「君」ではなく名字で呼ぶときは、真面目な話だと学習している。社畜根性が発揮され、すぐさま姿勢を正した。

「これは他言無用だ。君が親しくしている竹中にも口外するな」

「はい……」

「俺が女性秘書を次々と変えたのは故意によるものだ。彼女たちの中に情報漏洩を犯した者がいた」

「えっ」

予想外の言葉に楓子の目が丸く見開かれる。

「一人は確実で、そいつはもう懲戒解雇になっている。ただ、俺も黒部も……、もう一人ぐらいいたんじゃないかと疑っている。だが確証はない」

「そんな……」

視線を落とす楓子の脳裏に秘書課スタッフの顔が浮かぶ。あの中の秘書の誰かが、そのような重大な就業規則違反を犯したのだろうか。

「それが原因で俺は女性秘書たちを信用していない。口の軽い秘書など使いたくもないからな」

しかし黒部に秘書業務のすべてをやらせることは難しい。事務担当の第二秘書がやはり欲しい。

ではどうするか、と考えた末の結論は〝他部署から信頼に足る新しい秘書を入れる〟ことだった。

その目的が不自然に思われないよう、既存の女性秘書をすべて使い物にならないようにしたと嶺河は話す。

うつむいた楓子は指先でそっと額を押さえた。

「知りませんでした……そんなこと、人事部長も総務課長も言わなかったので……」

「そりゃそうだ。口止めしてあるからな」

軽い口調に楓子が顔を上げると、嶺河が人をからかうような笑みでこちらを見下ろしてくる。

「そんな深刻な顔してると美人が台なしだぞ。今は信用できる部下が付いているので助かっている。

——着いたようだな」

嶺河の視線が窓の外に向けられたため、つられて楓子も外を見る。ハイヤーがホテルの車寄せに入るところだった。先ほどのお店は目的地から近い位置にあったらしい。

車から降りる直前、嶺河に「口を滑らすなよ」と低い声で釘を刺されたため強く頷いておく。どうやら自分を秘書に据えたのは過去の因縁と関係なく、偶然だったらしい。

現金なことにそれだけで心が軽くなった。気合いを入れて上司の後に続く。

出版記念パーティーはスタンディング形式で、受付を済ませて広間に入るとすでにかなりの人数が集まっていた。

嶺河は広間に入って全体をぐるりと見まわし、初老の男性のもとへと向かっていく。出資銀行の役員だと楓子は思い出した。その後も上司は次々と見知った顔へ挨拶をして回る。自分が彼をフォローする機会などほとんどなかった。

私を連れてこなくても良かった気がする……。と、少々やさぐれた気分でいたら、司会者による開会の挨拶が始まった。次いで主催者や編集者、関係者などが何人も登壇し、最後に著者が挨拶を述べる。

元衆議院議員の大稲《おおいね》氏は七十九歳。昨年、息子に地盤を譲って引退し、悠々自適な生活を送っているらしい。

――そりゃあ、こんなパーティーで資金集めしてたら、いい老後を送れるだろうな。

ざっと三百名ほど集まっているのではないか。受付では会費以外にご祝儀を渡している人もいたため、この数時間でいくら集まるのか想像もできない。

演壇の左右にはスタンドの花が何基も飾られており、芳香が楓子の立つ位置までほのかに漂ってくる。そして招待客は著名人や地元政財界の顔がずらりと並ぶという、煌《きら》びやかで豪華なパーティーだ。

ふと、横目で隣の上司を密かに見上げる。会社を出る前にミッドナイトブルーのスリーピーススーツに着替えており、黒に近い光沢のある深青色《しんせいい》がよく似合っていた。ただでさえ男前なのに今夜は一段と華やかで、彼と挨拶を交わすご婦人たちが少女のように頬を染めた回数は数えきれない。

ここに来てからまだそれほど時間はたっていないのに、嶺河とは住む世界が違う人だと強く感じた。

別に同じ世界に属したいと思ったわけではないが、過去の黒歴史を思い出して猛烈な羞恥を抱いたのだ。今すぐ誰もいない場所で叫びたい。

——というか時間を巻き戻したい……

高校生の自分は嶺河がどういう人物か知ろうともせず、ただ憧れの気持ちを膨らませて彼に突撃した。恋という熱情に浮かれて周りが見えていなかった。……だからあんな振られ方をされたのかもしれない。

脳内で落ち込む楓子がうつむくと、「そんなワケあるか」との笑いを含んだ独り言が隣から聞こえたため、ギョッとして上司を見上げる。

その大げさな反応に嶺河が気づいたのか、口元に皮肉そうな笑みを浮かべる彼は壇上へ顎をしゃくった。

「ほら、書くのが遅くて出版まで二年かかったたって言ってただろ。そんなワケあるかよ。どうせゴーストライターが書いたんだ」

先ほどとは違う意味でギョッとする。慌てて周囲を見回せば、嶺河の近くにいる老夫婦が眉を顰めていた。

「……声が大きいですよ」

「本当のことだろ」

人を小馬鹿にした笑いを漏らす嶺河に焦りつつも、自分の頭の中を覗《のぞ》かれたわけじゃないと、当たり前のことにホッとした。

やがて著者による長い挨拶が終わって乾杯となり、歓談の時間となった。

ここでも嶺河は精力的に社交をこなし、楓子は受け取った名刺の名前と相手の顔を覚えるのに精いっぱいだ。

そうこうしているうちに、本日の主役が近づいてきた。上司も大稲を認めたのか手にしていたグラスのワインを呷《あお》り、「いくぞ」と楓子に命じる。

「大稲氏に、ですか」

「ああ。主役に挨拶したら帰る。まだ仕事が残ってるんだろ」

「え」

「明日から連休だ。休みの日に仕事なんてするもんじゃない」

俺も手伝うから。と、とんでもないことを告げる嶺河だったが、部下の残業する時間を潰した自覚はあったのだと驚いた。傍若無人《ぼうじゃくぶじん》な上司の意外な気遣いに混乱しつつも、ほんの少し嬉しかったりするから自分も単純である。

広い背中に付いていくと、ちょうど大稲がお客と話を切り上げるところだった。

嶺河がすかさず挨拶をして名刺を差し出す。元議員は鷹揚《おうよう》に頷いて祝いの言葉を聞いていた。そのときふと、大稲の視線が楓子へと向けられた。

「嶺河さんとやら、その美人さんは？」

「私の秘書です。――瀧元」

「はいっ」

おそらく一秒も見ないと思われる自身の名刺を、緊張しまくりながらも丁寧に差し出してお祝いを述べる。予想通り大稲は、背後に控える付き人へ楓子の名刺をぞんざいに渡し、嶺河へ視線を向けた。

「今日は来てくれてありがとう。私の本は若い君たちにはつまらんだろうが、ぜひ読んでみてくれたまえ」

「拝読させていただきました。素晴らしい自伝ですね」

「ほう。どのような部分が？」

嶺河が即答しなかったため、急いで楓子は一歩前に出た。

「嶺河は第二章の、大稲先生が政治家を志す場面に感動したと聞いております。わたくしは第四章にある、『生まれや境遇によって人生が制限されない国を作る』とのくだりに感銘を受けました」

大稲がまじまじと楓子を見つめるので、彼女はにっこりと営業スマイルを浮かべておく。

「それはありがたいね」

「嶺河より、大稲先生の尊書は素晴らしいと聞いておりましたので、勉強させていただきました」

そうか、そうか。と、満足そうに頷く大稲は上機嫌で嶺河と握手を交わして話を続ける。やがて付き人に促された大稲は次の挨拶客へと移っていった。

ホッと息を吐く楓子の耳に、「単純なジジィ」との小声が流れ込んだため上司を睨む。

「読んでもない本を読んだなんて言わないでください」

「突っ込んでくるとは思わなかったんだ。でも助かったよ。ありがとう」

わざとらしく胸を撫で下ろす仕草で笑う嶺河の様子に、「秘書の仕事ですから」と楓子は呟いて視線を逸らす。

これは竹中から教えてもらったことだった。出版記念パーティーなら著者に会ったとき、「本を読んだ」と伝えた方が喜ばれると。

ついでに彼女は、『秘書がパーティーでボスをフォローするのは、映画の〝プ○ダを着た悪魔〟

でも有名でしょ！』と楽しげに教えてくれた。その映画を観《み》たことがなかった楓子のためにＤＶＤを貸してくれてよほどのファンらしい。

「では帰るか。お礼に君の残業は手伝うよ」

「いえ、それは――」

お断りさせてください、と続く言葉は「仁《じん》さん」との女性の声に遮られた。

嶺河が振り向いたため、上司が呼ばれたのだと気がついた楓子も一拍遅れて振り向く。そういえば彼のフルネームは嶺河仁だ。

二人分の視線の先にはふんわりとした雰囲気の、いかにも良家のお嬢様といった風情の女性が立っていた。

――うわ、すごく可愛い人。

自分より年上らしき女性なのに、美人というより可愛らしさが滲んでいる。楓子が感心しながら見つめていたら、「チッ」と舌打ちをする音が上司から聞こえて驚いた。

隣の彼を見上げると、珍しく無表情になって頭を下げている。

「お久しぶりです、森高《もりたか》さん」

「いやだわ、いつものように麗奈《れな》と呼んでちょうだい」

「いえ、目上の方なので失礼に当たりますから」

「意地悪なことを言わないで。私たちの仲じゃない」

――あ、もしかして私、牽制されてるのかな……？

なんとなくこの可愛い人は、嶺河に特別な感情を抱いていると察せられる。ゆえに彼の隣にいる女は気に食わないだろう。ただの部下なのだが。

なんとなく自分が邪魔者のように感じた楓子は、一歩上司から距離を開けた。その途端、男の左腕がこちらの腰を捕らえて引き寄せられる。

「ぐぁっ」

いきなり嶺河と密着させられて変な声が漏れた。

「申し訳ないが、今夜は彼女と予定があるためこれで失礼します」

上司はがっちりと部下の腰を拘束しつつ言い放つと、右手を楓子の頬へ添えて顔を近づける。美しい容貌が近づいてくるのを認めて、楓子の心臓は爆発しそうなほどの鼓動を刻んだ。

「ちょっ、しつちょ――」

「すまんが合わせてくれ」

しかめっ面の嶺河が小声で囁《ささや》いたため、すんでのところで悲鳴を飲み込んだ。

硬直したままギュッと目を閉じたとき、男の唇が楓子の鼻頭に軽く触れてすぐに離れていく。麗奈と名乗った彼女に、キスをしたように見せたい意図は理解できた。しかしほんの一瞬、鼻の皮膚で感じた柔らかさに楓子は真っ赤になって伏せた顔が上げられない。

「――今後、この子といるときは気を利かせてください。森高さん」

では、と素っ気なく吐き捨てて、嶺河は楓子の腰を抱いたまま入口へ向かう。ホテルを出ると、ちょうどお客を降ろしたタクシーに乗り込んだ。

彼が会社の住所を告げたとき、楓子の社畜根性が反応して仕事モードに入ったため我に返った。グリンッ、と勢いよく頭を回転して上司を睨めば、彼はその勢いに驚いた表情を見せている。

「連休明けに人事へセクハラを訴えます……！」

今まで皮肉はよく浴びてきたが、モラハラだと感じることは一度もなかった。実際にハラスメントに遭《あ》った同僚の実例は、こんな生ぬるいものではない。

しかし今回は別だ。許すまじ。

楓子の瞳から本気であることを悟ったのか、嶺河はすぐさま頭を下げた。

「すまない。俺が悪かった。苦手な人物から逃げたくて君を利用した。もう二度としない。申し訳ない」

「…………」

あっさりと謝罪されて、しかも顔をいつまでも上げてくれないため、傲岸不遜な上司の低姿勢にうろたえてしまう。

そのうち楓子の心にあった怒りと羞恥がしゅるしゅるとしぼんでしまった。

「……もういいです。今後、ああいうことは、しないでもらえれば……」

それだけを告げて嶺河から顔を背ける。車内に思いっきり気まずい空気が充満した。

居心地の悪い気分で窓の外を眺めていたら、不意に嶺河の端整な顔が近づいてきた瞬間が脳裏に浮かぶ。

自分の顔が熱を帯びるのを感じて唇を引き結んだ。

当然だが、十二年前とは違う大人の顔。同じ人間で同じ美しさなのに、若くて青いイメージではなく、成熟した色気が滲む男らしさを感じて、不覚にも胸がときめいてしまった。

こういうときはロクな思考が生まれない。

無言のまま車の振動に揺られる楓子の脳裏では〝焼け木杭《ぼっくい》に火がつく〟の意味を嫌というほど理解していた。男女の関係があった者たちは、縁が切れても元の間柄に戻りやすいという。その通りだと理屈ではなく心が感じていた。

嶺河の秀麗な顔が視界を占めたとき、彼とキスをした過去を思い出した。唇の柔らかさと温もり、そして抱き締めてくる腕の力強さ……

パーティーのとき、逃げようとする意思を無視して、体はその場に留まっていたのを自分は気がついている。一線を越えるハードルがむちゃくちゃ低いと分かってしまった。

あんなふうに近づかれたら胸の奥底に沈めた記憶が疼《うず》き、苦いものがこみ上げる。死ぬまで忘れていたかったのに。

心の中で呻る楓子と、腕組みをして難しい顔つきになる嶺河が、共に窓を向いたまま無言を貫く。

車内はひどく息苦しくて、互いに煮詰まった気配のまま夜の光を睨むように見つめていた。

そのおかげですっかり忘れていた。自分が会社へ行くには相応《ふさわ》しくない格好をしていることに。そうと気がついたのは、本社ビルが近づいてきたときだった。慌てて自分は裏口から入ると主張すれば、嶺河はあっさり頷いてビルの裏手にタクシーを止めた。

楓子の身長ほどある大型門扉を開け、駐車場を突っ切って裏口へ向かう。そこには守衛室があるため、楓子は顔を伏せつつ社員証を掲げて通り過ぎようとしたのだが。

「おまっ、瀧元か！　どうしたんだソレ！」

守衛の一人にバッチリ見咎められ、素っ頓狂な声が守衛室どころか通路にまで響く。しかもちょうど交代の時刻だったらしく、それほど広くない守衛室には四人もの守衛がおり、その全員が食い入るようにドレス姿の楓子を凝視した。

「瀧元さん、化けたたな！」

「俺の錯覚か？　凄い美人じゃないか瀧元！」

「本当に瀧元か？　何やってんだおまえ！」

などなど、遠慮なく騒がれたため嶺河を置いてその場を逃げ出した。泣きたい。

本社ビルの保守管理と施設警備を担う守衛は、ＭＣⅡビルメンテサービス株式会社に属しており、自社グループの一つである。ここは管理職の人間にとって定年退職後の再就職先として人気が高く、守衛の全員がかつての上司だったりする。彼らにはプロパーのほとんどが世話になりまくっていたため、頭が上がらない。役員でも彼らの元部下になる人は低姿勢なので、弱みを握られているのではないかと噂されている。

――定年後は自宅の庭いじりでもすればいいものを、なぜ古巣に残ろうとする。

走って逃げたかったが、九センチヒールを履いているため早歩きぐらいしかできない。おかげで嶺河は長い脚を動かして悠々と楓子に追いついた。

エレベーターに乗り込めば、顔を背ける嶺河が笑いをこらえているのがバレバレだった。無性に恥ずかしく、居たたまれない。

だがそのおかげで息苦しくて気まずい雰囲気は霧散した。

いまだに笑いの衝動が収まらない上司を執務室へ押し込めば、ワークチェアに座った彼は顔を伏せて肩を震わせている。

「……酔い覚ましにコーヒーでも淹れましょうか」

「いや、いい……プッ、君も、いい迷惑だな……グフッ」

はー、と息を大きく吐いた嶺河がようやく笑いを収めて体を起こした。

「すまん。君の残業を手伝うんだったな。俺は何をすればいい？」

「あの、やはりそれは――」

「早く帰りたいだろう？　そこを使いなさい」

デスクの脇にある応接セットを指されて迷う。そして自分がいまだにドレス姿であることをやっと思い出した。

「嶺河室長、先に着替えてまいります」

「なんで？　着替える時間が無駄だ。それにその姿の方が捗《はかど》る。俺が」

なのでそのままでいなさい、と告げる上司の表情はいつもの皮肉っぽい表情が復活している。

着替えにかかる時間が無駄との意見は間違いないため、楓子はドレスのまま、すでに誰もいない秘書課オフィスから自分のタブレットを持って執務室へ戻った。

しかし嶺河にデータ入力を頼もうとした際、手袋をする指先ではタッチパネルが反応しないと気がついて蒼ざめる。いつものスタイラスペンはスーツのポケットに入れたままだ。

「……すみません、ペンを探してきます」

「なんで？　指を使えばいいだろ」

「いえ、少々お待ちください……」

一歩、嶺河のデスクから後ずさったとき、眉根を寄せる上司が立ち上がりレース生地に包まれる腕を握り締めてきた。

「いだだだっ！」

おかしな悲鳴を上げた楓子を見て、嶺河はすぐに彼女の手袋を強引に腕から引き抜く。

真っ白な肌に刻まれた、無数の細長い切り傷に彼は息を呑んだ。強めに握り込まれたせいか一部のかさぶたから血が滲んでいる。痛々しい生傷を凝視する嶺河の表情がどんどん険しくなっていく。

うろたえる楓子が視線をさまよわせたとき、嶺河がデスクを回って部下の両肩をわしづかみにした。

「そんなに俺の下につくのが嫌だったのか！」

「……は？」

想像だにしない台詞に目が点になる。対して嶺河の方は、怒りと遣る瀬なさが混じった初めて見る表情で強く射貫いてきた。

「これはリストカットだろ！　そこまでするほど俺の秘書が嫌だったのか！」

――ああ……、そういう見方もあるんですね。

激高する上司に反して楓子は気持ちが落ち着いたので、彼を安心させるつもりで微笑んだ。

「これは猫に引っかかれた傷です。そんなたいそうなものではありませんよ」

いや、猫に引っかかれて人獣共通感染症に感染する場合もあるので、たいしたことではないとは言い切れない。しかし楓子的には、気持ちの悪い傷だと嫌悪されるかと思っていたため、意外すぎる嶺河の反応にホッとしていた。

なのに上司の方はみるみる顔色を悪くし、眉目秀麗《びもくしゅうれい》な容貌をズイッと近づけてくる。

「嘘をつくな。あんな可愛い生き物がここまでひどい傷をつけるはずないだろう」

「……室長、猫が好きなんですか？」

「好きだ。でもＭＣⅡ《ここ》に来るまで一年の半分以上は出張だったから、飼育はしたことがない」

「そうですか。では猫を飼われる際は引っかき傷にご注意ください。顔につけられた日には女子社員たちが泣きますよ」

「下手な誤魔化しはいい。……まさか、男にやられたのか？」

「……え」

「そんなクズ、今すぐ別れなさい。体だけじゃなく心まで傷つけられるだけだ」

嶺河が確信的に告げるから、楓子は純粋に困ってしまった。猫に引っかかれたのは真実だから。

仕方ないかと自身に言い聞かせて本当のことを話した。

「実はですね、私、地域猫の世話をするボランティア活動に参加しておりまして」

「地域猫って、たしか野良猫に去勢手術をして、野良のままにする……だったか？」

イマイチ自信がなさそうに話す嶺河へ、楓子はパッと表情を明るくして頷く。

「そう、それです！　なので野良猫を捕獲する際、逃げようと暴れる猫に引っかかれたものなんです」

仕事一筋の人に地域猫が理解されるかと不安だったが、うまく話が通じたので胸を撫で下ろす。

しかし嶺河はいまだに眉間の縦皺をくっきりと刻んでいた。

「……本当にそのボランティアに参加しているのか？　やはりリストカットじゃないのか？」

「猫です」

「本当かよ」

なかなか信じてくれない様子なので、うーん、と楓子は心中で呻る。これだけの傷を見ては無理らしからぬことかもしれないが。

するとそのうち嶺河がおかしなことを言いだした。

「一度そのボランティアとやらを見に行きたい。本当に活動していたなら、俺は君の言葉を信じる。だがそうでなければ、自傷行為をしたとしてウェルネス推進課に相談する」

「ええっ！　そんな、横暴な……っ！」

ウェルネス推進課とは、人事部に属する社員の健康管理を司る部門だ。ここに訴えられると適切な治療を受けるよう勧告され、それが果たされないとボーナスがカットされる恐れがあった。

――ウェル進にチクられると、年収が下がる可能性が……あるんですけど……

がっくりと肩を落とす楓子は大きな溜め息を吐いた。

「分かりました……。連休中にボランティアに参加する予定があるので、その場へ室長をお呼びします……」

なぜ、なぜ休みの日にまで上司と顔を合わせなくてはならないのか。

やけっぱちになった楓子は手袋を脱ぎ、堂々と傷を晒《さら》してタブレットを操作する。遠慮なく、「はああぁ～」と胃から魂を吐き出すような溜め息を零しておいた。

いい天気だなー。と、楓子は助手席からフロントガラス越しに、よく晴れた雲一つない青空をぼんやりと見上げた。

黄金週間《ゴールデンウィーク》二日目。午前十時。名古屋《なごや》市内の道路は交通量が減って走りやすく、目的地まで絶好のドライブ日和である。

これが自分一人なら。

眼球を動かして右側の運転席を尻目で眺める。本日の嶺河は当然スーツではなく、オフホワイトのテーラードTシャツ、黒のカジュアルジャケットにチノパンとラフな格好だ。脚の長さが強調されてめちゃくちゃ格好いい。なんとなくソワソワする自分が許しがたい。

——はあ。なんで、こうなったんだろう……

納得できない。一昨日《おととい》の夜は動揺して冷静な判断ができなかったものの、一日以上もの時間がてば理不尽さに反骨精神が芽生えてくる。それでも迎えにきた上司を放置して自宅にこもるなど、社畜には恐ろしくてできなかった。

結局、こうして彼の車に乗り込む破目になる。

——でもこの人、絶対に楽しんでるよね。

あの夜の上司は、部下に自傷行為をさせるほど精神的に追い詰めたのかと蒼ざめていた。しかし今日はそのような気配など微塵も感じさせず機嫌がよさそうだ。鼻歌でも歌い出しそうな雰囲気でステアリングを握っている。

その姿を密かに観察する楓子は、モヤモヤする感情を胸の奥で感じて視線を前方へ向けた。むう、と無意識のうちにしかめっ面をしていたらしい。隣から押し殺した笑い声が聞こえてきた。

「ご機嫌斜めだな。そんなに俺と出かけるのは不本意か?」

はい、不本意です。そう言ってやれたらどれほどスッキリするだろうかと考えつつ、笑顔で否定する。

「いいえ、お忙しい嶺河室長のお手を煩《わずら》わせてしまい、申し訳ないと胸を痛めているのです」

「別にそう忙しくはない。たまに海外から問い合わせがくるぐらいだ。日本を出てもよかったけど一人じゃつまらんし、連れていく適当な女性もいない」

適当な、と言ってしまうのがこの人らしい。きちんと恋人を作ればいいものを。

だがこのとき己の胸の内で、「今はフリーなんだ」と考えてしまった自分を殴ってやりたい。そんなこと、どうでもいい。

会話を続ける気にもならず前を向いたまま押し黙っていたら、嶺河が言葉を続けた。

「そうだ。君も予定がないなら俺と行くか?」

「行くって、どこへですか」

「決めてはいないが、のんびりできるところ。海外でも日本でも、どちらでもいい」

「滅相もございません。わたくしでは分不相応なことです」

あくまで営業スマイルを浮かべつつ、「絶対にイヤ」の意を丁寧な言葉に変換して告げておく。

すると嶺河の美しい横顔に悪戯っぽい笑みが浮かんだ。

「君は本当に俺に靡《なび》かないよな。秘書になったときも俺の顔に興味を示さなかった」

「見慣れておりますので」

そう告げてから数秒後、これは過去を示唆する言葉でもあると悟り、そぉっと嶺河を横目で窺う。ちょうど赤信号で止まったため、彼はこちらへ顔を向けてニヤニヤと笑っていた。

「やっと認めたな。昔のこと」

「うっ……」

しまった、初対面のフリをしていたのに自ら白状してしまうとは。動揺のあまり咄嗟《とっさ》の言い訳が思い出せずあたふたしていたら、嶺河は声を上げて笑い出した。

「そんなに焦らなくても。再会したとき、初めましてにしたい気配で睨んでくるから、俺だって何も言わなかっただろ」

そうでもない、パーティー会場へ行く車内でポロっと漏らしていた。と言いたかったが飲み込んでおく。

「私のことは、忘れていたと思っていましたから」

「まあそうなんだけど、秘書にする際に個人情報を見て思い出した。でもさ、そんなに俺が嫌いなのに、なんでＭＣⅡに入ったんだ？」

「別に室長を嫌ってなどおりません、気まずいだけです。あと、ＭＣⅡの創業者一族だなんて知りませんでしたから」

「あれ？　言わなかったっけ？」

「言ったかもしれませんが、昔のことすぎて忘れました」

「そうだよなぁ。もう十二年も前のことだ」

しみじみと告げる嶺河は、当時のことを懐かしい思い出と捉えているようだった。楓子は彼ほど感慨に浸る気分ではないため口を閉ざす。嶺河は信号の色が変わると車を進めた。

「そうそう。休みの日にまで役職で呼ばれたくないから、俺のことは名前で呼んでくれ」

「分かりました、嶺河さん」

姓ではなく名を呼べと言われたのを分かっていながら即答すれば、彼は唇の片端を吊り上げて楽しそうに笑う。

「いい根性だ。ついでにそのよそよそしい態度も変えたらどうだ」

楓子は嫌みなぐらいの笑顔を作って嶺河へ視線を向けた。

「では遠慮なくお尋ねします。嶺河さんがこうして私に絡むのって、自分が振った元カノが関わり合いになりたくない気配を露骨に放っているから、少しからかってやろうと幼稚な考えを巡らせているんですよね」

「……いや、懐かしいって気持ちが強いからだな」

返事が遅れた一拍の間に滲む動揺を、楓子は正確に感じ取った。まあそんなところだと分かっていたから驚くことではない。我田引水っぷりが素晴らしい。

笑顔で相槌を打つ楓子の脳内に、「狐と狸の化かし合い」の言葉が浮かんだ。

本日の行き先は名古屋市の南部にある高級住宅地の一角である。

瀟洒《しょうしゃ》な二階建ての一軒家に住む住人は六十代の村上夫人《むらかみ》だ。彼女は楓子の後ろに立つ嶺河の顔を見上げてあんぐりと口を開けた。

「まあああまあああっ、瀧元さん！　すっごい素敵な彼氏さんじゃないのぉ！」

「ただの知人です」

よそよそしい態度も変えろと言われたので上司だと紹介する気にもなれず、バッサリと言い捨てて半地下駐車場へ向かう。

広い空間の隅には薄汚れたタオルが山型に膨らんでいる。楓子がタオルの端を持ち上げて中を覗くと、捕獲器の中にはキジトラ模様の猫が大人しく丸まっていた。村上の話によると雄《オス》らしい。

頷いた楓子はタオルごと捕獲器を持ち上げる。

「では、この子はお預かりしますね」

「いつもごめんなさいねぇ。息子が車を出してくれるはずだったんだけど、急に用事ができたとか言い出して」

「連休中ですからね。――では」

しきりにお茶を勧めてくる村上の誘いをかわして嶺河の車に乗り込み、カーナビゲーションに動物病院の住所を入力する。

車を発進させる嶺河が首を傾げた。

「その猫、怪我でもしてるのか？」

「いえ、今から去勢手術をするんです。村上さんは運転免許を持っていないため、ボランティアが交代で捕獲した猫を運んでいます」

すでに村上が去勢手術の予約を動物病院に入れている。そう告げると嶺河は感心した顔つきになった。

「ふーん。本当に猫のボランティアをやってるんだな」

「だからそう言ったじゃないですか。猫の里親を探す活動も手伝ったりしますよ」

「いやでも、あんな傷を見たら誰でも驚くって。というかその捕獲器なら引っかかれずに猫を捕らえられるんじゃないのか？」

「あー、その通りなんですけど……」

あらぬ方角を見遣る楓子は失態を情けない気持ちで白状する。先週の休日、自宅の敷地に捕獲器を設置しておいたのだが、なんと捕まった猫にはネズミ捕りモチがくっ付いており、その粘着物がケージに付いて身動きできず大暴れしたのだ。

捕獲器ごと転がる猫を助けようと粘着物に小麦粉をまぶし、ネズミ捕りモチとの離脱に成功したのだが、その際に攻撃を受けてこのありさまとなった。

「その日は気温が高くて五分袖を着ていたから、そりゃあもうバリバリとやられましたね。上着でも着ればよかったんですけど、猫がひどく暴れて出血をしていたから私も焦っちゃって」

猫の怪我はそれほど酷いものではなかったが、人間の方が酷い傷になった。

ちょうどそのとき、カーナビから目的地に着くとの音声案内が流れる。

連休中に開いている貴重な動物病院は、飼い主と動物たちであふれていた。が、予約していたためすんなりと手術の手続きができて、保護した猫を預けられた。

すると楓子はすぐさま嶺河を促して違う動物病院へ向かう。

「今度はなんだ？」

「さっきの猫のように、捕獲した子の手術をお願いしてるんです。もう終わっている時刻だから迎えに行かないと」

「えっ、そんなにも猫を捕まえているのか？」

「たまたまですよ。ただそこの病院、今日は午前中に閉まっちゃうから早く行かないと！」

手術の終わった雄猫を回収して、その猫が縄張りとしている地域に帰す。それから先ほど搬送した猫も手術が終わったら引き取って村上の家へ戻り、元の地域に戻す。このTrap《トラップ》（猫を捕獲）、Neuter《ニューター》（不妊手術を行い）、Return《リターン》（猫を元の場所に戻す）の繰り返しがＴＮＲと呼ばれる地域猫活動だ。

もちろんボランティアなので報酬はないうえ、活動にかかる諸経費は自腹である。一円の助成金も出ない。しかし村上が寄付金として不妊去勢手術代を出してくれるため、楓子は彼女の頼みとなれば連休中でも飛んでいくのが常だった。

予定していた二件のTNRを終えたら、今度は捕獲器を貸して欲しいというボランティアのところへケージを運ぶ。本日の予定を終えたとき、時刻は午後二時。楓子も嶺河も腹が鳴りそうなほど空腹だった。

車に乗り込んだ嶺河が大きく息を吐き出し、楓子へ顔を向ける。

「何か食べに行かないか。傷を疑ったお詫びにご馳走するよ」

今日は気温がぐんぐんと上がって、四月下旬というのに例年以上に暑い一日である。嶺河はジャケットを脱いでTシャツ姿になっていた。袖口から伸びる上腕《じょうわん》の筋肉が盛り上がっており、しなやかな逞しさに視線が惹きつけられた楓子は慌てて顔を背ける。

「あのっ、車を出していただいたので私が払います」

昔と違って、今の嶺河は筋肉質な体型の持ち主だ。ヒョロッとした優男風の異性が好みな楓子にとって、大人になった彼は範疇外のはず。なのに精悍《せいかん》な様《さま》に視線がさまようから心が落ち着かない。

当の嶺河の方は冷房の風に当たりながらスマートフォンをいじっており、「足代なんて気にするな」と言いながら電話をかけている。

「――すまん、急で悪いんだが席を取れるか。……ああ、二人で頼む。……ちょっと待て」

嶺河が通話中にもかかわらず楓子へ顔を向けた。

「たしか君、アレルギーがいくつかあったよな。牛乳系が食べられないのは覚えているんだけど他はなんだっけ」

「あ、えっと、卵と蕎麦です」

「了解」

再びスマートフォンへ意識を向けた嶺河が、アレルギー食材について話している。楓子は端整な横顔を見つめながら、そんな昔のことを覚えていたのかと驚きつつも複雑な想いを抱いた。

こういうマメさとか、さりげない気遣いに自分は惹かれたことを思い出して。

だから今の配慮をありがたいと思う気持ちと、忘れていればいいのにと恨む感傷が混ざって心の古傷を刺激する。

ひどく落ち着かない。

——ああもう、きっぱり部下として扱ってくれた方が気が楽なのに。

モヤモヤとした言葉にできない感情を精神力で宥《なだ》めていると、話を終えた嶺河が車を発進させた。

十五分ほどで到着した店は一軒家の料亭だが、暖簾も看板もないため「ああ、高そうだな……」と楓子は心の中で涙を零した。カード払いでなければ財布の中身が足りないと思われる。

通された座敷は庭に面した美しい個室で、掛け軸やさりげなく飾られた花が美しい。デニムを履いてこなくてよかったと楓子は心から思う。

今日は猫の捕獲を手伝う予定ではなかったため、スモークピンクのアンサンブルと黒のワイドパンツ、スカーフといった装いだ。ぎりぎりドレスコードはクリアしたと思いたい。

仲居が冷たいお茶と温かなおしぼりを出して退出すると、入れ替わりに着物姿のとんでもない美人が挨拶にきた。

ようこそいらっしゃいませ。と、なぜか楓子に向けて畳に手を突く女将の顔を見て、彼女は目を剥いた。

——室長にそっくり！

精悍な嶺河と細身の日本美人という組み合わせなのに、はっきり血の繋がりを感じさせる。特にやや釣り目の目元が似ている。

案の定、嶺河から「俺の姉」とぞんざいに紹介され、楓子は慌てて座布団から降りた。

「はっ、初めまして！　嶺河室長の秘書で瀧元と申します！　弟御様《おとうとご》にはいつもお世話になっております！」

畳の床に這いつくばって頭を下げつつ、「そういえば昔、年の離れたお姉さんがいると聞いた覚えある……！」と脳内で叫んだ。どうりでこんな中途半端な時刻に入店できたはずだ。とっくにオーダーストップしているだろうに。

——ていうか、なんで身内のお店に連れてくるかな。

平伏しながら呻りそうになる。他に適当な店を思いつかなかったのだろうが、こんなふうに家族へ紹介したら女が誤解してもおかしくない。自分は誤解するつもりはないが、それ以前に緊張する。

脂汗をかいていると嶺河の姉は小さく声を上げて笑った。

「そんなにかしこまらないで。嶺河葵と申します」

――ん？

あおいって、どこかで聞いたことがあるような。楓子は顔を上げて美しい女将をまじまじと見つめる。

自分は記憶力がいい方で、何気ない会話に出てきた単語を意図せず覚えていたりする。なのでごく最近、聞いた名前だと脳ミソがざわめく。

『――こちらこそありがとうございます。葵さんによろしくお伝えください』

記憶を探り始めたその瞬間、思い出した
「藍さんのお店で……」

楓子が反射的に呟いたとき、葵がパッと顔を輝かせて弟へ視線を向けた。

「やっぱりこのお嬢さんなのね！　あんたが藍のお店に女性を連れていったって聞いたのよ！」

弟は酒のお品書きを眺めており、姉の声にまったく反応しない。

それは感じ悪くないかと楓子がうろたえていると、姉は慣れているのかすぐに楓子へ視線を戻した。

「気にしないで。あの子が否定をしないときは肯定なのよ」

「はあ」

そうなのか、覚えておこう。脳内メモ帳に上司の反応を書き留めておく。

「藍とは幼馴染で同級生だったの。でもこの子は彼女のお店を利用したことないから驚いちゃって」

そこで再び彼女は弟へ声を掛ける。

「ついでに言っとくけど、藍のお店に麗奈が通い始めて、あんたの連絡先を知りたいって言ってるらしいわよ。教えちゃっていい？」

その途端、嶺河の眉間に思いっきり縦皺が寄る。そのひどく不機嫌な表情から、一昨日の情景が脳裏に浮かび上がる。嶺河の無表情と、可愛らしい美女の顔を。

たしか彼は森高さんと呼んで、彼女は『いつものように麗奈と呼んでちょうだい』と言っていた。

「……知らせるなよ。迷惑だから」

「でしょうね。麗奈ったら、あなたが藍のお店の紙袋《ショッパー》を持ってたから、連絡先ぐらい知ってるはずだってしつこいらしいのよ」

ここでもまた楓子の脳裏に、あれ？　と疑問符が浮かぶ。藍のお店のロゴが入った紙袋といえば、自分のスーツと靴が入っていたものだろう。あれはパーティー会場に入る前にクロークへ預けておいたため、行きと帰りしか手に持ってない。

――え、でも待って。あの袋を持っているのを見たってことは、帰り際《ぎわ》にあとをつけてきたとしか……

それはストーカーではないかと楓子の肌に鳥肌が立ったとき、嶺河が「何かうまい日本酒、彼女に飲ませてあげて」と告げて顔を背けた。どうやら会話を続けたくないらしい。

葵はにこりと麗しい微笑みを見せて静かに退出していった。

二人っきりになって微妙な空気が漂う中、楓子はとりあえず会話を試みる。

「ここ、いいお店ですね。それに女将さんがすごく美人で」

「あれで四十だけどな」

――よんじゅっさいですか！　まったく見えませんね。

美人とか美形という人は得だと楓子は心から思う。考えてみれば女将の同級生である藍も同い年のはずなのに、とても四十路《よそじ》には見えない。ここまで若く美しいと妬みさえ浄化される気分だ。

そのとき襖《ふすま》が開いて料理が運ばれてくる。美しい器に盛られた鮮やかな料理に目を奪われた。

「わあ、綺麗」

こんな高級料亭での会席料理など久しぶりだ。現金にもワクワクしながら嶺河を見て、「早く箸をつけてくれないかな」と思っていたら、芸術的なデザインの冷酒カラフェを差し出される。

「少しは飲めるだろ」

「……飲めますが、私だけというのは」

嶺河は車で来ている。プライベートな場といえど上司の前で自分一人だけ飲むことなどできない。

しかし嶺河はニヤリと笑う。

「車はここに置いていくからいい」

「ああ、なるほど。それならば」

遠慮なくガラスのお猪口《ちょこ》を差し出していただく。地元で造られる日本酒は旨味がふくよかで、特に魚と合うらしく初鰹との相性は抜群だった。

「美味しいですね……っ」

満足げな溜息と共に漏らせば、正面に座る嶺河はいかにもおかしそうに笑っている。

「君と酒を飲むのは初めてだな」

「そうですね。私の歓迎会は秘書たちだけでやりましたし」

そして付き合っていた頃は互いに未成年。大人になって再会したからこそ、このような贅沢な時間が持てるのだと楓子はしみじみ思う。

もう昼の営業時間を過ぎているせいか、どんどん皿が並べられる、だがお腹が空いている楓子にはちょうどよかった。嶺河も話すより食べる方に集中している。

食べて、飲んでと美味しい料理と日本酒を堪能しているうちに、楓子はいい気分になっていた。

嶺河も食べるペースがゆっくりになっている。彼は新しい日本酒を仲居から受け取った後、楓子の目を見ずに口を開いた。

「君さ、このままずっと猫のボランティアを続けるつもりなのか?」

「どうでしょう。先のことは特に決めていませんが、何か?」

「……俺がこう言うのはお門違いだと分かっているが、嫁入り前の娘が生傷を増やすんじゃない」

呆気に取られた楓子は、まじまじと嶺河の整いすぎた容姿を見つめてしまう。数秒ほど凝視した後に噴き出してしまった。

「嫁入り前って……っ、私は結婚しないので大丈夫ですよ」

うんうんと頷く自分はそこそこ酔っぱらっているのかもしれない。上司に対して砕けすぎている感はあるが、あまり気にならなくなってきた。

「俺は結婚が女性の幸せだなんて言うつもりはないが、君は結婚願望がないのか？」

やはり自分はほろ酔いになっているようだった。考える前に口が滑っていたから。

「ないというか、まだ高校生の頃にですね、好きで好きでたまらなかった男の子にこっぴどく振られて、それ以降は男性とのお付き合いが怖くなりました」

ふふふ、と屈託なく笑えば、嶺河が箸を止めてこちらを見つめてくる。彼のそのような表情など初めて見るものだから、やたらとおかしくてクスクスと笑ってしまう。

あの当時は嶺河と酒を飲む未来があるなど想像もしなかった。もう二度と会わない人だと思っていたから。

自然と己の意識が過去に引きずられる。

楓子が高校へ入学したばかりの頃、三年生で生徒会長だった嶺河に一目惚れした。

彼に振り向いてもらいたくてメイクを頑張って告白し、あっさりと受け入れてくれたときは跳び上がらんばかりに喜んだものだ。半年ほどで、『なんか思ってたのと違う』とフラれてしまったが。

おまけにその際、『その歳でそこまでケバい女って引く』とか、『素顔が可愛い子の方がいい』とか、『君さ、着痩せしすぎ。くびれがないとは思わなかった』などなど、散々けなされて今になっても忘れられないトラウマレベルの思い出になっている。

――でも、恋ができない原因はそれだけじゃない。

そこで顔を上げると、嶺河は初めて見る複雑な顔つきになっていた。

いつも執務室で見せる傲慢で子どもっぽい我が儘な上司の姿など微塵も感じられないから、いつまでも笑いの衝動が収まらない。

「冗談ですよ。結婚したいと思わないのは、単に余裕がないだけです」

楓子が明るい表情と口調で言葉をつなげば、嶺河は手にしていたお猪口を座卓へ置いて軽く身を乗り出した。

「余裕がないって、金銭面か？」

焦っているような、心配そうな口調だったので楓子は微笑んで首を左右に振った。

「ＭＣⅡではいいお給料をいただいていますよ。ただ父親が長いこと闘病中なので、恋愛にうつつを抜かしている場合じゃないだけです」

笑って話していたが、嶺河の方はまったく笑っていない。いつもの直情径行《ちょくじょうけいこう》な様でいてくれないと調子が狂うのに。

「ふふ、何もせずにボーッとしていると父のことを考えちゃうから、ちょっと怖いんですよね。それで気を紛らわせたかったんですが、親の闘病中に遊びに行くのは気が咎めるし、スポーツに打ち込んでもなんだか虚しくて続かなくって。そのうち父親と同室になった患者さんから地域猫について聞いたんです。それが先ほどの村上さんのご主人で、お見舞いに来た村上さんにもボランティアへ誘われて。……まあ、生命の保護というものに尊さを見いだしたわけです」

言葉を止めたときに視界がグラついたため、いいかげん飲みすぎかもしれない。楓子は湯呑みの温かいお茶で喉を潤した。

ふと視線を感じて顔を上げれば、嶺河が聞いてはいけないことを聞いてしまった子どものような顔になっている。

失礼だと思いつつも再び噴き出してしまった。

「そんな顔しないでください。将来を悲観しているわけではないんですよ。えっと、結婚の話をしていましたね。私は結婚に夢を持っていないので、しません」

「……寂しくないのか?」

その言葉に楓子は、うーん、と腕組みをしながら悩む。

今は寂しくないと思う。秘書の仕事はようやく慣れて充実し始めているし、プライベートも必要とされている場がある。

生きていくための資金と健康に、精神的な充足があれば孤独を払うことができるのだ。恋をしなくても。

「そうですね、寂しくないと強がりを言える程度には寂しくありません。それに自由があります。

人に煩わされるストレスが少ないです」

「そうか……」

「そうです。なので食べ終わったら父の見舞いに行くため、これで失礼します」

「送っていく」

「もう飲んだじゃないですか」

あっと目を見開く嶺河の様子に楓子は屈託なく笑う。

そんな彼女の笑顔を、彼が眩しそうに見つめていた。

# 第三章

暦は六月に入った。気象庁の発表によると例年より早く梅雨入りしたそうで、月初めからジメジメとした鬱陶しい気候が続いている。

おかげで嶺河は朝から辟易《へきえき》する気分だった。空調が効いた執務室にいても、窓から見える都会の景色はどこか薄暗くて重苦しい。

以前何かの折に、『雨は降ってもいいが、もうちょっとメリハリのある降り方にならないか』と愚痴を零したら、第二秘書が『北海道《ほっかいどう》には梅雨がないそうですから、オフィスを移転するべきでしょうか』とわけの分からんことを呟いていた。彼女はたまに突拍子もないことを言う。

そのときパソコンにポップアップが浮かび、頭に浮かべた人物からメッセージが送られてきた。頼まれていた会議資料データを共有したとのこと。

ざっと確認したところおかしな点はない。そこで時間を確認すると午後六時を過ぎている。

「——黒部」

腹心を呼べばすぐさまパーティションから第一秘書が顔を出す。

「瀧元を帰らせろ。まだ業務が残っているなら俺に寄こせ」

少し迷う表情を見せる黒部だが、すぐに頷いて執務室を出ていく。戻ってくるのに時間がかかっているので、第二秘書が難色を示しているのだろう。

案の定、黒部と共に執務室へ来た瀧元は困った顔つきになっている。

嶺河は彼女へ、「もう帰りなさい」と告げた。ですが、と相手が言い返そうとするのを目線で止める。

「気にするな。こんなときのチームだ」

それでも瀧元は、雑務を上司に押しつけることを逡巡《しゅんじゅん》して黒部を見上げる。すぐさま嶺河がムッとした表情になった。

「こらっ。俺がいいと言ってるんだ。黒部の顔色を窺うな」

子どもっぽい苛立ちを滲ませて言い放てば、部下は目をぱちくりとしている。そして力なく微笑んだ。

ありがとうございますと頭を深々と下げ、ようやく帰宅することを受け入れた。

はー……。と嶺河が腹の底から大きく息を吐き出す。

一週間ほど前、瀧元の父親が入院する病院《ホスピス》から緊急の連絡が入った。患者の容体が急変したという。

慌てて部下を帰したところ、容体は持ち直したがそれほど長くはないと告げられたらしい。

そこで初めて、彼女の父親が膵臓《すいぞう》がんの末期であると知った。しかも彼女の母親はすでに亡くなっており、おまけに親戚付き合いもないため、父親を失ったら天涯孤独になるという。

……そのことを思い返す嶺河は、コツコツと苛立たしげに人差し指でデスクを叩く。

ゴールデンウィーク中に、彼女と強引に地域猫のボランティアを見に行った際、父親が闘病中だとは聞いた。しかしそんな重い病気だとは話してくれなかった。

さらに言うなら、このことは瀧元から直接聞いたわけではなく、黒部に教えてもらったという体《てい》たらくだ。

――なんか、納得いかない。

黒部からは、『部下が上司《ボス》に身の上話などしませんよ』と言われて、その通りだと分かっているが釈然としない。彼女の上司は自分なのだ。黒部ではなく自分を頼るべきではないか。

黒部いわく、第一、第二秘書は上司を支えるという共通の目的があるため、連帯感が生まれやすいのだという。それに対して上司は明確な立場の差があるので、気安くプライベートの話などできないと。

それを聞いた嶺河は不機嫌になったものだ。彼女とならプライベートで話したこともある。

とはいってもゴールデンウィーク以降、二人きりで出かける機会はなかったが。

……それを考えると苦い気持ちが胸中に広がる。

あのときは彼女の言う通り、『自分が振った元カノが関わり合いになりたくない気配を露骨に放っているから、少しからかってやろうと幼稚な考えを巡らせている』だけだった。図星だ。

メイクを変えたら自分好みの美女になったとはいえ、あの程度《レベル》の女性なら他にいくらでも知っている。ほんの少し興味を持つ要素にしかならない。

しかし彼女から前向きな孤独を感じ取り、それを綺麗に飲み込んで消化し、虚勢ではなく心から微笑む器の大きさに胸をつかれた。他人に依存しない潔い生き様を見事だと感心した。

そして同時に、哀れだとも思った。

可哀相だとか同情したとかではなく、ただもう少しだけ、人生の自由を得て生きさせてあげたいと強く感じたのだ。まだ二十代の年下の女性なのだから。

……自分にそのような権利はないと分かっているけれど。

再び大きく息を吐いた嶺河は、今日中に決裁しなくてはいけない書類をめくり始めた。


翌朝、九州《きゅうしゅう》への出張を控えて早めに出社した嶺河は、自分を迎える秘書が一人だけであることに眉根を寄せた。

「瀧元はどうした」

第一秘書へ聞けば、部下は一拍の間を開けて口を開いた。

「本日より一週間、忌引き休暇を取ることになりました。後ほど本人から嶺河室長へも連絡を入れるとのことです」

もう長くはないと主治医から聞いていたため、楓子は今週から父親が入院する部屋で寝泊まりしていた。翌朝は病院からそのまま出社する毎日だ。

§

そのため退社後は自宅で私服に着替え、翌日のスーツを持って病院へと向かっていた。

その日は家を出ようとしたときに、病院から緊急の電話がかかってきた。父親の容体が急変したとのこと。

動揺しているときに車を運転すると事故を起こす可能性も捨てきれなかったため、タクシーで駆けつけたところギリギリ臨終には立ち会えた。

別れはあっという間だった。

そして呆けている間もなく、怒涛《どとう》の勢いで葬儀に向けて走り回ることになった。

父親が亡くなった後のことは事前にある程度準備していたが、やはり混乱していたようで最中の記憶があまりない。

たしか葬儀社に言われるがまま葬儀プランを決めて、菩提寺《ぼだいじ》へ連絡し、父親の元同僚や友人に知らせを出し、近所へもお知らせをして自分の会社にも連絡して役所へ手続きに走り――

気づけば通夜を迎えていた。

「ちょっ、瀧元ちゃん大丈夫なの？　やつれてるよ！」

午後六時半、葬儀会館で弔問客へ挨拶をする楓子は、濱路を含む総務部や秘書課の先輩方、同僚たちから痛ましい目で見られた。

「ぼちぼちです……決めることが多すぎるのに遺族が自分だけなので、目が回りそうなほど忙しくて……」

悲しむ暇はないと弱々しく微笑めば、何人かが手伝いを申し出てくれた。しかしお茶出し等の雑務は葬儀会館のスタッフが対応しているため、気持ちだけいただき通夜振る舞いへ誘っておく。

ボランティアで知り合った方々も弔問にやってきて、喪主である楓子は息をつく間もないほど慌ただしく動き回っていた。

やがて通夜が終了した午後十時すぎ、弔問客が途絶えたため受付を片づける。とはいっても休めるわけではなく、明日の葬儀について支配人と打ち合わせだ。火葬後に初七日をする流れとなるが、遺族が自分一人なのでご近所の親しい付き合いのある方々が参加してくれることになった。

細々としたことを決めて支配人へ礼を述べていると、二階にあるセレモニーホールへ二人の男性が上がってきた。

背が高い、がっしりとした体躯の男性の方を見て楓子の目が大きく見開かれる。

——嶺河室長！　と、黒部さん。

二人を見た途端、社畜モードにスイッチが入ったのか脳裏で上司のスケジュールが閃《ひらめ》く。

確か今日の上司は九州地方へ出張となっていた。その後に会食もあるため現地で一泊予定だ。自分が宿泊先のホテルや航空券《フライトチケット》の手配をしたので間違いない。

いるはずのない人が近づいてくることに本気で驚いた。

「どっ、どうして名古屋《ここ》にいるんですか⁉」

思わず叫んでしまえば、途端に嶺河がムッとした表情になる。

「来てはいかんのか」

「いっ、いいえぇ、ありがたいことですが……」

混乱して黒部に視線を移せば、苦笑を見せる先輩秘書が答えてくれた。

「嶺河室長は明日の葬儀に参列できないからね。遅くなってもお通夜には弔問したいと仰《おっしゃ》られて」

「でも、明日の予定って東京ですよね……」

「うん。飛行機の手配は僕がしたから大丈夫だよ」

明日の嶺河は、出張先の九州から東京へ向かう予定になっている。なので黒部は、翌日のセントレア発羽田《はねだ》着の早朝便チケットをすでに確保しているという。

——そこまで無理して来なくても……疲れるだろうに。

との本音はさすがに失礼だと分かっていたため、大人しく香典と弔慰金をいただいて祭壇へ案内する。

焼香を終えると黒部はすぐに辞去して、なぜか嶺河一人が残った。

早く帰った方がいいと思うんだけど、との本音はやはり飲み込んでおいた。まあ、この人は唯我独尊だが、部下への情は厚いとなんとなく気づいている。だからこそ自分を裏切った前第二秘書を許せなかったのだろうし。

「あの、お疲れではありませんか」

「全然。それより君はどうなんだ。忌引きの連絡をもらったとき、声がひどく弱っていたから驚いた」

「単に眠いだけです」

病室の寝泊まりはやはり体が休まらない。そのうえ父親が亡くなってから、ほとんど寝ていない。控室に布団一式は用意されているものの、熟睡などできるはずもなく。

睡眠不足と考えすぎで今も頭が痛かった。嶺河から「眠れないのか？」と聞かれたが曖昧に笑って誤魔化しておく。

立ち話もなんなので上司を親族控室へ案内し、お茶の用意をしようとしたが止められた。

「すまん、酒ってあるか。ちょっと飲ませてくれ」

「あります。お待ちください」

アルコールにはお清めの意味があるので、給湯室にはビールや日本酒が用意されている。弔問に来てくれた元上司たちも通夜振る舞いで飲んでいた。

しかし嶺河は九州からとんぼ返りで疲れているだろう。そのうえ明日も早くから移動だ。

タフな人だと分かっているが、もう帰って休んだ方がいいのではとハラハラする。それを考えるのが秘書の役目なのに。

迷いつつも瓶ビールとグラスを用意すれば、嶺河が「君も飲むんだ」と言われてグラスになみなみと注《つ》がれる。楓子は渋々と口をつけた。

すると喉が渇いていたのか冷たい飲み物が美味しく感じる。酒はあまり強くないが飲むことは好きなのもあって、ぐーっと飲み干してしまった。

すぐに嶺河が空のグラスにビールを注ぎ、口を開く。

「大変だったな。一人で」

「そうですね。覚悟はしていましたが、決めることが多くて……」

もう何回も口にした愚痴が自然と漏れてしまう。疲労困憊《ひろうこんぱい》のせいか、酔いが回るのが早くなっているのかもしれない。

嶺河がガランとした控室を見回してから楓子へ視線を向けた。

「遺族は君一人か。……寂しくなるな」

「まあ私は寂しいですが、父親はすごく喜んでいると思いますので、どうでもいいって気持ちが大きいですね」

はー、とうんざりした溜め息を吐けば上司は目を丸くしている。

「……なぜ、と聞いてもいいか」

「どうでもいいことなので構いませんよ。私の父はちょっと変わってて、亡くなった母――自分の妻のことが本当に好きで、四六時中ずーっと妻にくっ付いている人でした」

「ああ、それで先立たれた奥さんのもとに逝《い》けると」

「はい。でも父の愛があまりにも重すぎて、母は家出した過去が何回かあるほどです。なにせ父は仕事をしているとき以外は母から離れず、食事中もお風呂に入るときもくつろいでいるときも寝るときも、べったりと母に寄り添っていましたから」

「…………」

「お恥ずかしい話ですが母が急死したときなど、父は後追い自殺をしようとして数人がかりで止められた前科がありました」

母親がくも膜下出血で死亡すると、父親は病院で遺体に取り縋《すが》って泣き続け、涙が枯れた途端に病室の窓から身を投げ出そうとした。医師と看護師が取り押さえながら、『大事な奥さんの忘れ形見がいる』とか、『未成年の子どもを遺したら奥さんもあの世で泣くぞ』などなど、はた迷惑な親子のために長いこと説得してくれた。おかげで父親は渋々自殺を思い止まった。

彼の中にも娘への愛情――というか憐憫《れんびん》はあったらしい。楓子の容姿が母親似であったのも、父の中でポイントが高かったのかもしれない。

あのとき父が死ねば自分は十五歳で天涯孤独になるため、自殺を阻止してくれた病院関係者には感謝してもしきれない。

……といったことをツラツラと語れば、嶺河はビールを飲むことさえ忘れて唖然としていた。

「それは、すごいな……」

心なしか彼の声がかすれている。

その気持ち、よく分かります。と、楓子はうんうんと頷きつつビールを呷る。すぐさま嶺河が注いでくれた。

上司は酒を求めたくせにほとんど飲んでいない。しかし楓子はそれが気にならなくなっているので、やはり酔いが回ったのかと思う。

「母が亡くなった後、父は少しずつ覇気がなくなり老けていって、私が大学三年生のときに痛みで動けなくなり病院へ運ばれました。膵臓がんとの病名を聞いたとき、たいそう喜んでいましたね。これで奥さんに会えるとかウキウキして……こっちは頭と胃が痛くなったというのに」

父が母に会いたがっているのは、共に生活する中で分かっていた。ゆえに楓子は、『がんって意図的にかかることができるんですか？』と真面目に主治医へ尋ねてしまったほどだ。

――ああ、なんか思い出すだけで頭痛が酷くなってきた。

寝不足というのもあって楓子は指先でこめかみをグリグリと押さえる。

そのとき、「なあ」と声をかけられ、一拍の間を開けて我に返った。瞬時に反応できなくなっているため深酒とまでいかないが、だいぶ飲んでしまったと嶺河へ視線を向ける。

彼は不思議なほど真剣な表情になってこちらを射貫いてきた。

「総合職での採用を望まれていたのに、一般職を選んだのはお父さんの看病のためか？」

キョトンとする楓子はグラスを持ち上げたまま固まっていたが、すぐに言われた言葉の意味を理解して微笑んだ。

「また古い話を持ち出しましたね」

「少し、気になっていたから」

いつそのような昔の話を聞いたのかと、楓子は呆れながらもおかしくて笑ってしまう。やはり酔っているらしい。

ＭＣⅡではインターンシップでの高い評価や本選考での成績を鑑みて、総合職で働かないかとありがたい誘いをいただいたが、断っていた。

「ちょうどサマーインターンを終えた頃に父の病気が判明して、仮に総合職で採用されたら、父の症状が悪化しても転勤中だと駆けつけられないって思ったんです」

手にしたグラスを空にすると嶺河がまたビールを注ぐから、反射的に飲んでしまう。もう完全に酔っぱらっていると自覚していた。そのせいか喋ることを止められない。愚痴酒など嫌いなのに。

「ＭＣⅡは一般職といえども悪くない給与なので、自分の判断を後悔はしていません。ただ、父のことを絡めて思い返すと腹が立ってくるんです。本人は早く死にたいから治療はしないなんて言い出すし。せめて私が卒業するまで待ってと説得して、やっと手術を受けてくれたほどで……」

「確かに変わったお父さんだな……」

「身内の恥なので人様に話したのは初めてですよ。母が亡くなってからは、あまり思い出したくもないことばかりです」

けれど父親は、早く死にたいと言う割には長く生きた。膵臓がんは進行が早いため、五年生存率が低いと聞いていたのに。

そしてあの世で妻と二人きりでいるのを邪魔されたくないから、娘には長生きしろと告げてくる。その裏側にある、妻しか愛せなかった父親の不器用な優しさは察していた。

だとしても自らの命を軽んじる親の姿は心に痛かった。たった一人しかいない家族なのに、彼にとって娘は生きる意味にもならない。

母は伴侶に愛されることを幸せだと思っていたようだが、『一人旅がしたい』が口癖の人だった。何度か家出したのも父と別れたいわけではなく、一人の時間が欲しかったのだと大人になった今なら理解できる。

好きならば、愛しているならば、その人が望むように人生を歩ませてあげるべきではと思うのに。自分の想いを優先させる父親の愛し方はあまりにも寂しくて。

父のようにはなりたくないと、ずっと思っていた。

それなのに。

「……どうでもいいことですが、私は、父の血を濃く継いだのかもしれません……」

どういうことかと問う嶺河の声が急速に遠のいていく。だからもう自分は夢の中に入ったのだと思った。

でなければこんなこと、決して彼に告げたりなどしない。

「だって、あなたも……、私を、鬱陶しいと、言ったじゃないですか……」

愛が重い人間になど決してなりたくなかったのに。

そこで楓子の意識がぷつりと途切れて頭が落ちる。額を打つと思ったのに、酔い潰れたせいか痛みは何も感じなかった。ただ何かに支えられた感触があって、その温もりを離したくないと、なぜか思った。


朝、スマートフォンの目覚ましアラームで楓子は目が覚めた。画面を確認すると午前六時。のっそりと上半身を起こして周囲を見回せば、当たり前だが葬儀会館の控室だった。窓からは朝日が差し込んでおり、梅雨の晴れ間らしく今日はいい天気になりそうだ。

自分を見下ろせば布団に喪服のまま横たわっており、メイクも落としていないので目がしょぼしょぼする。

——夕べは確か室長と飲んで……それからどうしたっけ。

その後のことをよく覚えていない。酔い潰れたならば座卓テーブルに突っ伏していそうだが、自分で布団を敷いて横たわったのだろうか。

朝が弱い楓子は、寝起きの動かない頭のまま四つん這いで座卓へにじり寄る。そこにはメモ用紙が置かれていた。

ボーッと記されている文字を目でなぞるうちに、みるみる意識が覚醒する。

『さすがに服は脱がせられないから、喪服に皺が付いていると思う。すまない』

誰が書いたの、コレ。……なんてアホなことを考えて現実逃避し、背筋に冷や汗を滲ませる。

考えるまでもなく嶺河の筆跡だと、叩き起こされた脳ミソが答えを出していた。そして彼が布団を敷いて自分を寝かしつけてくれたことも悟った。

「……ぅあああああっ！」

絶叫を上げながら両手で頭を押さえて悶絶する。その場に土下座ポーズで突っ伏した。

——今日は着物を着る予定なので大丈夫です！　お気になさらず！

葬儀会館の着物をレンタルし、着付けもお願いしているためワンピースに皺がついても構わない。

……いや違う、そうじゃない。

酔い潰れた部下などそのまま放置してくれればいいものを。上司に布団を敷かせ、あまつさえ運ばせたなど秘書失格だ。しかもテーブルの上にはビール瓶もグラスも残っておらず綺麗に片付けられている。誰がやったかなんて考えたくない。

おまけに頭を振り回しても昨夜の記憶が出てこないため、自分が何を喋ったか思い出せずもどかしい。

そこで不意に気がついた。頭を激しく動かしても鈍痛を感じないことに。夢も見ずに熟睡できたおかげか、寝不足による頭痛が取れてすっきりしていた。やはり睡眠は大事だと実感する。

「……どうでもいい、とは、言えない……」

しばらくの間、楓子は畳にへばり付いたまま考える。

嶺河は酒をほとんど飲まなかった。最初からこちらへ飲ませるつもりだったのだろう。酒に弱い部下を休ませるために。

――弱ってるときにそういう優しさを見せないで欲しいんですが。

胸の奥が疼いて心臓の鼓動が速くなる。顔も熱く、この場に誰もいなくてよかったと心から思う。

……とにかく今日は葬儀だ。ダラダラと考えている余裕はない。

楓子は勢いよく立ち上がって風呂場へ走り、冷たいシャワーを頭から浴びて火照《ほて》りを鎮めるのだった。


忌引き明けとなる今日、楓子は鏡の前に立って身だしなみをチェックしていた。

思いっきり泣いたのは数日前のこと。夕べは十分に睡眠をとったので目は腫れていないし、化粧のりも悪くない。少し痩せてしまったがそのうち元に戻るだろう。

「よし、行くか！」

気合いを入れて出社し、まずは黒部を筆頭に秘書課の面々へ挨拶して回った。給湯室にあるコーヒーサーバーの隣にお礼の菓子折りも置いておく。

スタッフは皆、温かく接してくれたうえ、必要以上に同情されなかったので精神的に助かった。

するると秘書課のミーティング後、椚田から声をかけられた。

「ご不幸があったばかりで申し訳ないんだけど、坪平《つぼひら》さんが結婚することになって、お祝いをしようって話があるの」

どうする？　と、すまなさそうな表情で告げてくる。坪平は秘書仲間の一人で、『早く結婚したい！』としょっちゅう漏らしているのを楓子も聞いていた。

「もちろん参加させてください」

にこりと微笑んで頷くと、椚田はホッとした表情になっている。楓子が喪中なのを気にしていたのだろう。

「たしか瀧元さんってアレルギーがあったよね。えっと……」

「乳製品と卵と蕎麦です」

「それは大変ね。ちょっとでも食べたら何か症状が出るの？」

「乳製品と卵は蕁麻疹《じんましん》が出る程度ですが、蕎麦は少量でも厳しいです」

アナフィラキシーショックで重篤な症状に陥るため、命を落としかねない。笑いながら話す楓子だったが、一瞬、椚田の顔から表情が抜け落ちたので目を瞬かせる。

しかし椚田はすぐに笑顔を見せた。

「ごめん、最近ちょっと寝不足で。……じゃあ、お店にはアレルギーのことを伝えておくわね」

日時は社内メールで連絡すると告げて去っていく。楓子も気合いを入れ直して仕事を始めることにした。

今日の嶺河は始業時刻に出社すると聞いている。

午前九時、ネイビーブルーのスリーピーススーツを着た上司が役員フロアに足を踏み入れた。いつもは重厚なブリティッシュスタイルのスーツなのに、本日は軽やかでセクシーな仕立てのスーツを着用している。

どこのブランドだろうな、と楓子は好奇心を刺激されつつも黒部と共に深く頭を下げ、忌引き明けの挨拶を述べた。

「このたびはお通夜まで来ていただいき、まことにありがとうございます。おかげさまで無事に葬儀も執り行えました。お忙しいところ休暇をいただきご迷惑をおかけしましたが、本日より復帰させていただきますので、よろしくお願いいたします」

「ああ。頼む」

あっさりと言い置いて嶺河は執務室へ向かう。……微妙に気まずい気分なのは自分だけらしい。上司の前でグースカ眠ったこととか、抱き上げて運ばれただろうことなど、嶺河の方はすでに忘れているかもしれない。

上司にコーヒーを出して本日のスケジュールを述べても、やはり彼はいつもと変わらない。なので楓子も気にしないことにした。

しかし朝の報告を終えて秘書課オフィスへ戻ろうとしたとき、上司に呼び止められた。しかも第一秘書を執務室から退室させるので、楓子は黒部が消えた扉と上司を交互に見遣って混乱する。ワークチェアに座る嶺河は行儀悪く頬杖をつくと、部下を見上げて口を開いた。

「君さ、猫の里親を探す活動も手伝うって言ってたよな」

「……はあ」

黒部を追い払ったのはプライベートな話をするためのようだ。なぜ今なのかと奇妙に思いながらも頷くと、上司は「猫を飼いたい」と言い出した。

今は東京で働いていた頃のように出張続きで家を空けることは少なく、住んでいるマンションはペットの飼育が可能であるため、との理由らしい。

ぜひ引き取りたいと述べる上司をポカンと見下ろす楓子は、そういえば彼は以前、猫が好きだと言っていたことを思い出した。

「えっと、私に話されるということは、保護猫の里親になっていただけるのですよね」

「ああ」

その途端、楓子の表情がパァッと明るくなった。

「ありがとうございます……！　ボランティアの方々がすごく喜びます！」

すると今まで無表情だった嶺河が口元に笑みを浮かべた。それがなぜかとても優しく感じられて、皮肉っぽい印象など微塵も抱かないから、楓子は己の心臓が大きく揺れる気分を味わった。

反射的に視線を上司からデスクの板面へ逸らす。

「あの、でも、血統書付きの猫じゃなくてもよろしいのですか？　保護猫は元野良猫がほとんどですよ」

「構わない」

「では、保護猫の活動をしている方と連絡を取りますね。ボランティアの紹介があると信用を得られやすいので、すぐに猫を引き取れると思います。週末に見に行きますか？」

「頼む。君も一緒に来てくれ」

「…………」

即答できずに口を閉じてしまった。まあ確かに、紹介するから一人で行ってこいと突き放すのは薄情である。

しかし上司と休日に行動することに迷う。特に今は、なんとなくだが……、嶺河への感情というか気持ちが、以前と変わりつつあることを自覚しているから。

十二年ぶりに再会したときは好きとも嫌いとも思わなかったのに。いや、いけ好かない男だと思ったから、嫌いの方に心は傾いていたはず。それなのに。

迷う楓子が固まっていると、頬杖をついていた嶺河が椅子に背中を預けた。

「俺は生き物を飼ったことがないから色々教えてくれ。一人で悩むより一緒に飼い方を考えて欲しい。少なくとも君の方が猫の扱いに慣れているはずだ」

「でも……、私も猫を飼うことに関しては初心者です」

「そうなのか？」

驚く嶺河が、飼育しているからボランティアに興味を持ったのかと呟いている。それについて話したくない楓子は話を変えた。

「分かりました。週末、ご一緒させてください」

満足そうに嶺河が微笑んだため、楓子は一礼して自分のデスクへ戻る。……やはりあんなふうに微笑まないで欲しいと思いながら。


週末は残念ながら、シトシトと雨が降る梅雨らしい天気だった。

しかし楓子の自宅へ車で迎えにきた嶺河は、雨嫌いにしては晴れやかな顔をしていた。

「……そんなに、猫を引き取るのが楽しみですか？」

思わず尋ねてしまうほど機嫌がよさそうである。聞かれた方の嶺河は首をひねっているが。

「そう見えるか？」

「すごく見えます」

「そうだな……まあ、今日を楽しみにしていたのは否定しない。俺もちょっと驚いてる」

馬鹿みたいだな、と自分を評するので楓子は焦ってしまった。

「でもっ、猫って可愛いですからね。一緒に暮らすことを考えると、なんというか、嬉しく思うのは当たり前ですっ」

フォローにならないフォローを入れると嶺河が小さく噴き出した。彼は笑いながら、車の右側の扉を開けて楓子へ乗車を促す。……ドアを開けてもらう行為は、前回のボランティア見学のときにはなかったため戸惑った。しかも今日は車まで違う。

前は国産のハイブリッドカーだったが、今日はむちゃくちゃスタイリッシュなフォルムのスポーツカーだ。運転席が左側のうえ見たことがないエンブレムなので、外国車だろうかと車に詳しくない楓子は想像する。

「なんか、格好いい車ですね」

「そう？　パナメーラのターボSだけど」

全然、分かりません。「そうですか」としか返しようがなかった。

「昔からあてもなく走るのが好きで、この車は地元に戻ったときに買ったな。……この前、君を迎えにいったときの車は実家から借りた」

「そうですか」

「自分の車に誰かを乗せるのは初めてだ」

「そうですか」

同じ言葉しか返せなくて申し訳ないと思いつつ楓子は頷く。車は故障なく動けばいいと考える人間にとって、この手の話題はなんと答えたらいいか分からない。

するとの嶺河が小さく笑う。

「君は本当に、俺に興味がないんだな」

「え」

前を向いて運転する嶺河の横顔には、自嘲めいた笑みが浮かんでいる。そのような表情を初めて見た楓子は動揺した。

「いえっ、その、室長は、秘書に仕事以外のことを求めていないと思ったので……」

でもそれなら、これはなんなのだろう。休みの日に仕事とは一切関わりのない目的で会う行為は。

「……そうだな。俺も部下には仕事をすることしか望んでいない」

「はい……」

しーん、とぎこちない空気が車内に充満して楓子は胸元を手で押さえる。

――気まずい。でも、ああ言う以外になんて答えれば正解だったの。

今の自分は上司に対して奇妙な感情を抱き、それを持て余している状況なのだから、これ以上心理的に嶺河のそばに寄りたくないのに。

足元を見ながら楓子は無言で固まってしまった。

先に息苦しさで音を上げたのは嶺河の方だ。

「なあ」

「はいっ」

「前から不思議に思ってたんだけど、君は猫を飼わないのか」

忌引き明けのやり取りを上司は忘れていなかったらしい。楓子はなんとなく投げやりな気分で答えた。

「父が、苦手だったんです。生き物」

「ああ、それで」

「今なら飼ってもいいんですけど、それもなんか違う気がして」

飼えない理由がなくなったからといって直ちに飼うのは、まるでその理由がなくなったことを喜ぶようで。

家族三人で、後に父と二人で暮らした家に、違うものが入り込むことが少し怖い。まだ記憶の中にある思い出の姿を変えたくなかった。

すると嶺河は納得した様子で頷く。

「そういうの分かるよ。すごく」

「……分かりますか」

「ああ」

静かに肯定してくれる気遣いに、楓子の胸の奥へこみ上げるものがあった。

たぶん自分がこの話題を避けていたのは、他人から気安く「今なら猫でもなんでも飼えるじゃないか」とか「寂しさを埋めるにはちょうどいい」とか、こちらの心情を無視した押しつけがましい厚意を聞きたくなかったからだ。

嶺河から顔を背けてドアにもたれ掛かり、外の景色を眺めるフリをした。瞼を何度も瞬かせて湿りけを飛ばす。

嶺河も何も言わなかったが、もう息苦しいとは思わなかった。


本日の譲渡会はとある社会福祉法人のボランティア室《ルーム》で行われている。見学の予約は要らず入場無料なので、すでに結構な人数が集まっていた。

楓子は受付で嶺河と共に記入し、まずはボランティア仲間の村上夫人を探す。資産家の彼女は様々なボランティア団体に所属しており、今日の譲渡会を主催する保護団体の一員でもあった。

楓子たちが彼女を見つけるよりも先に、村上の方が二人に気がついた。

「瀧元さーん。いらっしゃい」

「こんにちは、村上さん。父の葬儀では色々とお世話になりました。本当にありがとうございます」

「いやだわ、たいしたことしてないわよ」と告げてから高い位置にある嶺河の顔を見上げる。「で、今日はお連れさんのお見合いだったわね」

お見合いといわれて目を丸くする嶺河だったが、すぐに楓子が小声で「猫とのお見合いって意味です」と囁いたので大きく息を吐いている。

村上はまず仔猫《こねこ》が集まっているスペースへ二人を案内した。会議用テーブルの上に並ぶケージにはすべて布が被せられており、中には小さな仔猫が休んでいる。

ケージを覗いた楓子が目を輝かせた。

「小っちゃい仔《こ》って可愛い……！」

生後一ヶ月半から三ヶ月ほどの仔猫たちは、つぶらな瞳でじっと人間を見つめては愛らしくミィと鳴いている。

楓子はＴＮＲ活動で仔猫を捕獲することがほとんどないため、こんな小さな仔は見ているだけでキュンとして守りたくなってしまう。嶺河を放って笑顔で仔猫たちを見つめてはケージの前から動かない。

なので村上が彼に話しかけていた。

「抱っこすることもできますからね。気に入った仔がいたら声をかけてください」

すると嶺河ではなく楓子が反応する。

「村上さんっ、私も抱っこしたい……！」

「あなたは譲渡会が終わるまで待ちなさい」

「えー」

「好きな子を抱っこさせてあげるから」

「今がいいですー」

と、ややはしゃぎながら仔猫を見つめていた楓子は、不意に嶺河が難しい顔で並んだケージを眺めていることに気づいた。

「室ちょ……嶺河さん、気に入った仔がいなかったら、違う保護団体の譲渡会もありますよ」

「いや、そうじゃない。小さすぎてちょっと怖いんだ」

「えっ」

「可愛いんだけど、寝に帰るだけの家にこんな小さな生き物をずっと留守番させるのは忍びない。もっと大人の猫の方がいいかな」

「あー、たしかに」

それを聞きつけた村上が嬉しそうな声を出した。

「成猫《せいびょう》の方が引き取り手は少ないので大歓迎ですよ。じゃあ、こちらへ」

少し離れたスペースに、成長した猫が休んでいるケージがあった。ほとんどの猫は丸くなって眠っている。

順番にケージを覗く嶺河は、「あ、こいつイイな」と告げて顔をほころばせた。

どれどれ、と楓子がケージを覗いてみれば、額が八の字に割れているように見える〝ハチワレ〟だった。しかしそれ以上に特徴的なのは釣り目だ。そのうえ眉間に皺が寄っているのもあって、どの角度から見てもガンを飛ばされているような印象がある。

楓子は思わず嶺河の秀麗な顔を見上げた。

視線の先にいる彼は村上へ、「この子、抱っこさせてもらえます?」とにこやかに話しかけている。

村上は破顔して頷いた。

「この猫ちゃんはちょっと目つきが鋭いですけど、大人しくて人懐っこいんですよ」

たしかに、猫に慣れていない嶺河が抱き上げても暴れたりせず、大きなあくびをしてリラックスしているように見受けられた。……それでもやはり睨まれているように感じる。

楓子はメンチ切っている猫を見ているうちにあることを思い出し、村上の袖をくんっと引っ張った。

「この子って、保護主さんが最後まで面倒を見るだろうって言われてる子じゃないですか」

つまり、里親候補から人気がない。

「そうよぉ。引き取り手が現れてよかったわ！」

ホホホ、と上品に笑う村上はとても嬉しそうだ。当の嶺河は猫を自分の顔の正面へ持ち上げて、「いい面《つら》構えだ」と満足そうに笑っている。……まあ、里親となる彼が気に入ったなら問題はない。

ここの譲渡会では、里親と猫の相性を見定めるお試《トライアル》し期間を一週間ほど設けている。村上からその説明を聞くため、三人は隣の小さな会議室へ移動した。

楓子はこのトライアル説明会のボランティアをやったことがあるため、聞かずとも内容は知っている。なので嶺河がトライアルの小冊子《パンフレット》を読んでいる間に、村上へ報告した。

「私、やっぱり遺言書を書こうと思いまして」

「あら、決めたのね」

数秒の間を開けて嶺河が、「はあぁっ⁉」と素っ頓狂な声を上げた。楓子と村上は驚いて整った顔を凝視してしまう。

「なんで遺言なんだ！」

吠える嶺河の声は怒りが滲んでいるものの、その表情は蒼褪めている。

ちぐはぐな様子に楓子が目を瞬いて硬直していたら、村上が「ふふふ」といかにもおかしそうな笑い声を上げた。

「嶺河さん、大丈夫ですよ。瀧元さんが世を儚《はかな》んで遺書を用意するわけじゃないんですから」

「でも遺言って、彼女はそんなこと考える歳じゃないでしょう！」

「年齢で決めることでもないんですよ」

冷静な声で話す村上は、いまだに唖然とする楓子に変わって説明し始める。

村上の夫もがんで闘病中であるが、夫妻の二人の息子は昔から仲が悪く、おまけに村上家は資産家なので、夫の死後に遺産争いが起きる可能性が高かった。ゆえに夫君は遺言書をすでに作ってある。

その話を聞いた楓子は、父親が亡くなって相続手続きを済ませた後、村上に相談したのだ。万が一に備えて自分も遺言書を作るべきじゃないかと。

いわく、天涯孤独の自分が死んだら、自宅の土地家屋はどうなるのかとネットで検索してみた。するると相続人がいない財産は国庫に帰属するとあった。しかし遺言書を作成すれば、他人に財産を相続してもらうことが可能と知り、自分の望む活動先に寄付できないかと考えた。運営基金になればいいと。

村上の話を大人しく聞いていた嶺河だったが、焦った口調で反論し始めた。

「いやでも、彼女が結婚すれば家族も親族もできる。相続人もできる。そう早まったことを考えなくても」

そこでようやく我に返った楓子が口を挟んだ。

「私は結婚しませんから、おかしなことではないと思いますが」

嶺河が何かを言おうと口を開けたが、そのまま閉じたり開いたりとパクパクしている。結局、口をつぐんで顔を背けたため、村上が笑い声を押し殺した。

「そうねぇ。とりあえず遺言書は用意するとして、瀧元さんが人生の転機を迎えたら書き直すっていうのはどうかしら」

「はい。私もそう思って村上さんにご相談したいと——」

「俺がやる」

言葉を遮った嶺河が楓子へ身を乗り出した。

「その遺言書、うちと契約している弁護士に作らせる」

「ええっ！　道前《どうぜん》部長にですか！」

MCⅡの企業内弁護士《インハウスローヤー》に、個人の相談を押しつけるつもりかと慌てたのだが。

「違うっ、嶺河の家に顧問弁護士がいるんだ！」

「ああ、そっちですか……」

びっくりした、と楓子が胸を撫で下ろす。やはり村上が笑いながら口を開いた。

「じゃあ瀧元さん、嶺河さんにお任せしておきなさいよ。私では専門的な話は分からないから、やっぱりお付き合いのある弁護士さんを紹介するだけだもの」

弁護士費用がお安くなるかも、と村上が告げれば、金は俺がもつ、と嶺河が高らかに宣言する。

この状況で否定できるほど楓子は押しが強くない。おそるおそる嶺河へ頭を下げる。

「分かりました……よろしくお願いします」

「ああ」

なぜか不機嫌そうな嶺河は、楓子から視線を逸らせて頷いている。そんなに遺言書を作ることが気に入らないのかと楓子が途方に暮れていたら、村上が微笑みながら話しかけてきた。

「身近に頼れる方がいるのは素晴らしいことですよ」

「はあ」

上司だから身近にいることは間違いないのだが、仕事以外で頼ることが微妙だった。

しかしそれを言うなら、こうして休みの日に出かけることはどうなのか。……答えは出ない。

とりあえずこの話はいったん止めて、猫のトライアルの件について話を戻した。

譲渡会では当日に猫を渡すことは基本的にない。後日、自宅まで保護主か保護団体が届けることになっている。里親詐欺と思われる人物の情報が保護団体で共有されているため、該当しないか調べるためでもある。

しかし村上から、「瀧元さんの紹介だからね、もう引き取ってトライアルに入ってもいいわよ」と言われた。

猫との生活について詳しいレクチャーを受けた嶺河は、いったん楓子と共に猫用品を買いに行くことにする。

村上に教えてもらったホームセンターへ向かい、指定されたキャリーバッグにケージ、猫トイレ、トイレ砂、食器にキャットフードなどを購入する。それから荷物を置きに嶺河のマンションへ向かった。

屋根のある平面駐車場に車を停めて荷物を下ろすと、楓子は周囲を見回して感嘆の溜め息をついた。

「静かですね」

「ああ。ここは生活するのに便利な位置にある割には、うるさくないんだ」

このあたりは会社の最寄り駅となるターミナル駅からそれほど離れておらず、繁華街からも遠くない。だが大通りから一本奥まった位置にあるためか、静穏に包まれる落ち着いた環境だった。緑も多い。

――だからこの人、役員なのに会社まで歩いてくるんだな。散歩にはちょうどいい距離だもんね。

しかも会社は駅を挟んで反対側にあるため、社員はこの地域に自宅がなければ偶然会うこともない。

朝の満員電車に乗らなくていいのは純粋に羨ましいと楓子は思う。そんなことを考えつつマンションの入り口まで付いていったが、玄関扉の前で足を止めた。

「あの、私はここでお待ちしております」

さすがに部屋へは入りにくい。なんて言われるかドキドキしながら立っていると、嶺河はアッサリ頷きつつ雨空を見上げる。

「ではロビーで待っていてくれ」

雨の中で待たせるのは嫌だと言いたいのだろう。そこは楓子も素直に頷いた。

嶺河がオートロックを解除して楓子を促し中へ足を踏み入れると、ホテルとまったく同じフロントがあり、男性コンシェルジュが出迎えてくれた。

「おかえりなさいませ、嶺河様」

「すまんが彼女にお茶を出してやってくれ」

嶺河が楓子へ視線を向けると、コンシェルジュが笑顔で頷く。やはりホテルのラウンジかと思わせるロビーに楓子は案内されて、ふかふかのソファに腰を下ろした。

今日も軽装を着てこなくてよかったと心から安堵しつつ、コンシェルジュが出してくれたティーポットの紅茶をカップに注ぐ。そのティーセットには白地に青の風景画が描かれていた。

——これって、確かスポードだよね。

容用の茶器もお洒落である。一口飲めば、芳醇なダージリンの香りが楽しめた。実に美味しい。なんだか別世界だと感心しつつお茶を味わっていると、嶺河が降りてきた。

「待たせてすまん」

「いえ。すごく贅沢な時間でした」

ふふふ、と上機嫌に微笑む楓子の顔を嶺河が見つめつつ食事に誘ってきた。猫はその後に引き取りに行くとのこと。

再び嶺河の車に乗って向かった先は、乳製品と卵と小麦粉を使用しないカフェだった。

「あ、このお店って雑誌で見たことあります。意外と会社の近くなんですよね」

一度行ってみたいと思いつつ、昼の休憩時間で往復するにはためらう距離にあって、休日に訪れるには楓子の自宅からは遠いため、利用したことはなかった。

ワクワクしながら店の扉をくぐったが、女性客ばかりなので嶺河の容姿に視線が集中して肩身が狭い。前回、彼の姉の店で食事をご馳走になったときは個室だったため、このような事態は想定していなかった。

メニューを見るふりをして嶺河を盗み見すると、前髪が伏し目にかかってとても色っぽい印象がある。やはり眉目秀麗な人だと実感した。

体格もよくて頼りがいがある雰囲気なので、甘えたい願望のある女性にはたまらないだろう。

……なんとなく居心地が悪い。

気分を変えようと注文を決めて店員を呼ぶ。この店にあるメニューは野菜中心のもので、美味しくてヘルシーなうえ楓子でも安全に食べられた。

――美味しいけど、男性には量が足りないだろうな。

そんなことを考えつつ食後のハーブティーを飲んでいたら、楓子の背後からドアが開く音が聞こえ、嶺河の顔に不機嫌さが現れた。今まで穏やかな表情で食事をしていたため、その豹変ぶりに驚いて振り向くと美しい女性が立っている。

年齢不詳の顔を見上げ、楓子は心の中で「あっ」と声を上げる。――パーティーで会った女性だ。確か、森高さん。

彼女も嶺河に気がついたのか、表情を明るくして近づいてくる。

「お久しぶりです、仁さん。こんなところで会えるとは思わなかったわ」

そう言いながら彼女は嶺河の隣に腰を下ろした。

え、と楓子は目を丸くする。四人掛けの席を二人で利用しているから椅子は余っているが、「座ってもいいか」とも聞かずに腰を下ろす厚かましさに驚いてしまう。

そして嶺河の表情がどんどん不機嫌さを増していく。……こんな精悍な男の人に喧嘩を売って怖くはないのだろうか。いや、彼女にしてみたら喧嘩を売ってはいないのだろうが。

「森高さん、俺は前に言いましたよね。彼女といるときは気を利かせてくださいと」

嶺河が楓子を見れば、それにつられて森高もこちらへ視線を向けてくる。彼女の容貌は間違いなく美しいのだが、なんとなくガラス玉をはめた人形のような無機質さを感じてゾッとする。

「ごめんなさい。あなた、どこかでお会いしたかしら？」

可愛らしく首を傾げながら、彼女は嶺河の腕に己の細い腕を絡ませた。ぴたりと寄り添う二人の姿は美男美女ゆえにお似合いで、楓子は自分の方が異分子ではないかとの錯覚に陥る。

そこで嶺河が眉を顰めて立ち上がろうとした。すかさず彼の腕を抱き締める森高が、鈴を転がすような声を放つ。

「まだお連れ様、お茶を飲み終わってないわよ」

グッと詰まった嶺河が渋々と腰を下ろす。うっとりと森高が微笑み、楓子へ小さく会釈をした。

「私、麗奈と申しますの。仁さんがお世話になっているようね。ありがとう」

「待ってくれ。俺の代わりにあなたが礼を言う筋合いはない」

「あら、照れないで。それより彼女は仁さんのお知り合い？」

そこで嶺河が口を開きかけたが、何も言わずに閉ざしてしまった。

以前のパーティーで彼は、楓子の鼻頭にキスをしてまで森高から逃げ出した。おそらく今も恋人だと告げて森高を追い払いたいのだろうが、今日は何も言わず苛立たしげに頭髪をかいている。

嶺河が楓子を恋人だと言わないことで安心したのか、森高は嬉しそうに微笑んで楓子を見遣る。顔は笑っているのに目が笑っておらず、楓子を見下している態度がありありと感じられた。

――なんか、腹立つな。

どう見ても嶺河の方は彼女を嫌がっている。しかも連れがいながら断りもなく割り込み、遠慮なく馬鹿にする目で見てくる。

楓子はグーッと一気にハーブティーを飲み干して森高を真っすぐに見つめた。

「人の彼氏に馴れ馴れしく触らないでください。不愉快だわ」

その瞬間、勝ち誇った笑みを浮かべていた森高が楓子をギロリと睨み、苦虫を噛み潰したような顔の嶺河がぽかんと呆けている。

森高が嶺河の腕に縋りつきながら言い放った。

「あら、仁さんはあなたのこと彼女だって紹介してくれなかったわよ」

「彼が私といるときは気を利かせてくれと言った意味が理解できないんですね。一度小学校からお勉強をやり直した方がよろしいですよ」

「なんですって！」

森高が甲高い声を発したため店中の視線が集まる。これ以上この店にいては迷惑だと感じた楓子は、立ち上がって嶺河へ視線を向けた。

「行きましょう」

「あ、ああ」

すぐに彼も立ち上がったため、縋りついていた森高もさすがに手を離した。支払いは嶺河に任せて後で払うことにし、無言で車に乗り込む。

走り出してからお互いに大きく息を吐いた。

「申し訳ありません。勝手に彼氏扱いして」

「いや、謝るのは俺の方だ。不愉快な思いをさせてすまない。――それに助かった。俺がアレをやったら今度こそセクハラだからな。ありがとう」

「……いえ」

なるほど、嶺河が自分を彼女だと嘘の紹介をしなかったのはそれが原因か。思い返せばあのパーティーの帰り、彼は楓子を利用しないことを誓ったし、自分はそれで許した。

――約束を守ろうとしていたんだ。

気にしなくていいのに。と、反射的に思ってしまい口を閉じて窓の外へ視線を向ける。

今頃になって心臓がドキドキしてきた。あの場は何も言わず席を立てばよかったのではと、アホなことをしたと今頃になって羞恥が募る。

むちゃくちゃ気まずい心境で焦っていると、嶺河が赤信号で車を停止したときにこちらへ顔を向けて話し出した。

「さっきの女性だけど、あの人も姉の同級生で友人だった人なんだ」

「えっ！　ということはあの方も四十歳ですか？」

嶺河が頷いたので楓子は驚きのあまり目を見開いた。

——見えない！　全然四十路には見えない！　すっごく綺麗な肌だった！

いやでも、首筋にちょっと年齢が見えてたかも。と、森高の容姿を脳内で再現していたら疑問が浮かび上がった。

「あれ？　ご友人だったたって、過去形ですか？」

「そう。俺がアメリカの大学に通っていたとき、彼女は大学からそう遠くない企業に勤めていて、友人の弟が留学してるって聞いて会いにきたんだ。そしたら何を気に入ったか知らんがストーキングされて、あまりに鬱陶しくて姉からも注意してもらったんだ。そしたら派手な口論になったらしく、姉は絶交したと言ってたな」

それなのに森高は嶺河の居場所を探ろうと、図々しく旧友へ連絡を入れているとのこと。姉の方は無視しているらしいが。

「……そうでしたか。お付き合いされていたと思っていました」

「まさか。いくら美人でもあんな粘着質っぽい女は怖い」

反射的に楓子は頷いてしまった。なんとなく彼女の眼差しや口調から、同じことを考えていた。

「それは大変でしたね」

実感を込めて呟くと、嶺河が苦笑を漏らす。

「かなり困っていたけど、今日は君が彼氏だと言い切ってくれて助かったよ」

「はあ。でも、あれで諦めるような感じには思えませんでしたが」

「じゃあこれからも俺を彼氏にしてくれると嬉しい」

――ん？

嶺河の美しい横顔を見れば、ちょうど青信号になって彼は運転したまま、ゆっくりと声を発した。

「見せかけじゃなくって、君と付き合いたい」

「……へっ」

おかしな声を漏らしてしまったではないか。ぽかんと口を開けたまま、整いすぎた男の顔を凝視する。

数秒間、まじまじと見つめてから楓子はゆっくり顔を正面に戻した。

――付き合いたいって、私のことを好きってこと？

気のせいか、聞き間違いだとしか思えない。以前、ＴＮＲ活動を見にきたときはそのような気配など微塵も感じなかった。

そのため、からかわれているのだと思うことにした。

「あの、嶺河さんって、私のこと好きじゃないですよね……」

「なんでそう思うんだ」

「だって、恋や愛にトチ狂った人を、物心ついたときから何年も間近で見続けていましたから……」

全然違うと呟けば、嶺河が焦った声を出した。

「いやいやいやいや、君のお父さんみたいな人は特別というか滅多にいないから」

「素直に『君のお父さんは異常だ』って言ってもいいんですよ。本当のことですから」

「………………」

「私だってそう思いますもん。母が家出したときなんて、父は泣き喚きながら母の服とか下着を抱き締めて、残り香を嗅いでは鼻水たらしてたんですよ」

嶺河がドン引いている。楓子も身内の恥を告白するのは恥ずかしく、両手で顔を覆った。

そのまま父親の思い出したくもない奇行を思い出していたら、「やっぱり俺は怖いか？」との声に楓子は顔を上げた。

嶺河は唇を引き結び、前方を睨むように見つめている。

「俺は昔、散々君を傷つけたからな」

「えっ、なんでそうなるんです？」

「なんでって、君が言ったんじゃないか。『好きで好きでたまらなかった男の子にこっぴどく振られてから、男性とのお付き合いが怖くなりました』って」

「え！　いつ！　そんなことを！　……って、言いましたね……、はい。すっかり忘れていました……」

確かTNR活動の帰り、嶺河の姉が経営する料亭でいい気分になって、ペラペラと未練がましいことを口走った記憶がある。今の今まできれいさっぱり忘れていた失言に打ちのめされ、再び両手で顔を隠して心の中で悶絶する。

「本当にすまない。君に言われるまで、自分がどれほど人を傷つけたか思い出しもしなかった」

「……違いますよ。確かにトラウマレベルの思い出ですが、失恋なんて人生の中ではよくあることです」

子どもだった自分はその傷を乗り越えられず、心にいつまでも重石として抱え込んでいるだけだ。

同じ痛みを味わった人間はこの世にごまんといる。

「……ただ、恋愛が怖い気持ちはあります。自分も相手にも、愛が重いのは嫌なんです」

「それはお父さんのことがあるから？」

はい。と素直に頷いた楓子は両手を外して、シートに背中を預けると大きく息を吐く。

「鬱陶しい人間には、なりたくないんです」

恋愛をイメージするたびに、父と母を思い出す。――今ごろ両親はあの世で仲良くやっているだろうか。

「すまない。そう思わせているのは全部俺が原因だな」

君を鬱陶しいと撥《は》ね退《の》けた。そう呟く嶺河の横顔がひどく苦しそうで、楓子は慌てて首を左右に振った。

「いえ！　そのっ、急に言われて、現実味がないというか……こういうこと、経験してこなかったので」

「そうなのか？」

驚いた嶺河の表情と口調に、楓子は情けない気持ちを抱く。嶺河とのことがあって大学時代も彼氏ができず、そのうちに父親の病が発覚し、一人のまま今に至っていると正直に白状した。

「あなたとは、できれば会いたくないと思っていましたが……恋愛ができないのは自分に問題があるって、本当は分かっているんです」

物心ついたとき、初めて知った身近な男女の愛は深くて重かった。我が子より己自身より妻を至上とする父と、夫の愛を重く感じながらも諦めて受け入れる母。

それが子ども心に刷り込まれた。愛とは、執着と束縛なのだと。

その後、母が亡くなり、父が自分を愛してくれないことを突き付けられて、己を孤独にしない存在を求めた。その直後に出会ったのが嶺河だった。

恋心と同じくらい強かった寂しさを埋めるため、彼に縋りついたのだと今なら分かる。まだ十代の少年ともいえる青年へ、執着と束縛を押しつけた。自分にとって愛とは、それらが代名詞だったから。

彼がどれほど自分を重荷に感じたか想像に難《かた》くない。己にとってトラウマレベルの思い出だが、その原因を作ったのは自分自身だと分かっている。

「ごめんなさい。あの頃、あなたに全身で寄りかかって、甘えて頼ってしまって」

「謝らないでくれ。謝られたら俺とのことを後悔しているように聞こえる」

「後悔してるのは、自分の痛さというか、幼稚さというか浅慮というか……」

大人になって少しは成長したと信じたいから、父のように愛に狂うのではなく、真人間としてまっとうな恋愛をしたい。でも〝まっとうな恋愛〟というものが分からない。

情けない思いでそれを告白すると、嶺河は真面目な口調で「君はすごく理知的な人だと思うよ」と言ってくれた。楓子は弱々しく微笑む。

「そうでありたいと、心から願います……」

話しているうちに譲渡会の会場に戻ってきた。駐車場に車を停めた嶺河は、上半身を楓子へ向けて真剣な表情を見せる。

「今すぐに返事をしてくれとは言わないから、俺とのことを考えてくれ」

君の喪が明けたら答えが欲しいと続けられ、楓子はハタと気づく。そういえば今の自分は喪中だった。亡くなった父親はもう長いこと入院中でそばにいなかったため、以前とそれほど変わらない生活の中で失念していた。

「そ、そうですね。今は喪中なので……えっと、返事は一年後ということですか？」

「なんでそうなるんだ！」

嶺河が焦った表情でこちらの両肩をつかんでくるため、目が泳いでしまった。

「うあ、だって、親の喪中って、だいたい一年――」

「長すぎるだろ。せめて忌明けにしてくれ」

喪が明けたらと言ったのはそっちのくせに。と楓子は心の中で泣き言を漏らしたが、嶺河の表情があまりにも切羽詰まっていたため、気迫に圧《お》されて反射的に頷いた。

ホッとした彼に促されて車を降り、当初の目的である猫を受け取りに行く。必要書類に記入して手続きを済ませ、目つきが鋭いハチワレをお迎えした。

嶺河のマンションへ戻る途中、自宅で休むと告げた楓子は最寄り駅へ寄ることをお願いした。家まで送ると嶺河が反論したが、「トライアルの間は猫を優先させてください」と楓子が述べたら渋々近くの駅で下ろしてくれた。

その際、「猫の様子を画像で送るから」と彼が食い下がるため、ＳＮＳメッセージアプリのＩＤを交換しておく。

嶺河に礼を述べて地下鉄駅へ下りるとき、雨がいつの間にかやんでいたことにようやく気がついた。

# 第四章

「お邪魔します……」

楓子はスペアキーを使い、主が不在の家へ足を踏み入れた。ひんやりと涼しい空気に迎えられてホッと息を吐く。

今は七月の最後の週。梅雨が明けた頃から、最高気温が三十度を超える連日の真夏日である。十階にある嶺河の部屋はカーテンを開けているため、日が落ちても室内が灼熱地獄だ。そのため常に空調を利かせているとのこと。

電気代を考えると血の気が引くものの、資産家の家主にとってたいしたことではないのだろう。なにせこのマンションの一棟が嶺河の持ち物だと聞いたから……

楓子はコンシェルジュから受け取ったボストンバッグを床に置いて、猫用の脱走防止扉を開ける。物音を感じ取ったのか、目つきの鋭い黒白のハチワレ猫が奥からやって来た。

「ニャーォ」

嶺河が引き取った保護猫の〝ノワール〟だ。一週間のトライアルでは何も問題がなく、正式譲渡となっていた。

「一日ぶりだね、ノワール」

昨日会った私を覚えているかな。と、ややドキドキしつつ脱走防止扉を閉めたら、猫は脚にすりついて甘えてくる。この子が人懐っこい猫でよかったと心からホッとした。

楓子がリビングへ足を向けると、ノワールは尻尾を揺らしながら先導するように先を進む。たまに後ろを振り返って「ニャア」と鳴く。

まるで早く来いと言っているようで、楓子は小さく笑いつつ可愛い猫の後を追った。

リビングに入ると、すぐにキッチンの戸棚から猫用フードを取り出してエサを与える。自動給水器の水も取り換えた。

猫がカリカリと音を立てながらご飯を食べているのを横目で見つつ、ボストンバッグを持って寝室へ。……ちょっと迷いながらもドアを開けた。

初めて入るここはシンプルな部屋で、ベッド以外だとサイドテーブルしか置かれていない。

必要以上にベッドを見ないようにして、バッグから部屋着を取り出して着替えた。

今日は月曜日。本日より土曜日までの六日間、家主である嶺河は急に決まった南アジアへの出張だ。

楓子はそれを聞いたとき、一週間近くも家を空けて猫は大丈夫かと不安になった。それは飼い主である嶺河も同様だったらしく、その日の終業後に食事に誘われた。猫のことで相談がある、と。

嶺河の告白以来、なんとなくプライベートでの接触を避けている楓子だったが、猫を理由に出されると弱い。

迷いながらも了承して向かった先はステーキのお店だった。名前だけなら楓子でも知っている、知る人ぞ知る名店だ。

こんないい店に連れてくるということは、猫を預かって欲しいってことよね。そう考えた楓子は遠慮なくコース料理を味わうことにした。

前菜の盛り合わせから始まり、ローストビーフ、牛刺し、サラダ、そして炭焼きのヒレ肉と、極上のお肉をお腹いっぱいいただいた。肉を中心としたメニューは、そのほとんどがアレルギーを気にしなくてすむため、気が楽なのも良かった。

赤ワインを一本開けて、酒に弱い楓子もそこそこ飲んでいい気分になった。……後から思えばそれが目的だったのだろう。嶺河は楓子が酔っ払ったときに、ようやく本題を口にしたのだから。

『例の海外出張だが、その間、ペットシッターとして俺の部屋で暮らしてくれないか』

『……私の家で猫を預かると思っていました』

『それも考えたんだけど、やはり住み慣れた家の方が猫のためにいいと思うんだ』

その気持ちが分かる楓子はかなり迷った。猫は環境の変化に敏感な生き物なので、自分の家で預かるよりこちらが動いた方がいい。

そして彼の姉は飲食店経営のため、動物は好きだけれど関わらないようにしているという。両親は『忙しいので無理』と断られたらしく、祖父の会長は動物嫌いなので頼めない。そしてできればペットホテルには預けたくない。

うーん、と食後の紅茶を飲みながら楓子は迷う。

猫を飼ったことはないけれど、TNR活動で捕獲した猫に不妊手術をさせた後、体調がすぐれない場合は経過観察のため預かることになっているので、猫のお世話は問題ない。

問題なのは嶺河の部屋に泊まることだ。

本人はいないものの、家主がいないからこそ部屋へ上がり込むことに気が引ける。貴重品は家に置いてないと言われても、心理的に。

実はこのとき、すでに四十九日を済ませていた。嶺河の告白に返事をする期限が過ぎているため、よけいに頷くことができない。このタイミングで出張とは、画策したのではないかと疑ってしまったほどだ。確かめる方法なんてないが。

『もちろん報酬は払う。ベッドは俺のしかないから、シーツとカバーは新品を用意する。あとハウスクリーニングが入るので掃除はしなくていい。何かを壊してもたいしたものはないから気にしないでくれ。部屋はどこでも好きなように使って欲しい』

頼む、と頭を下げられ、アルコールに酔って判断力が落ちた楓子はあっさりと折れてしまった。

そして昨日、日曜日の午後。下見として嶺河の部屋を初めて訪れた。以前マンションに来たときはロビーでお茶を飲んだだけだが、その日はエレベーターで十階へ上がる。

おそるおそる足を踏み入れた部屋は広大な2LDKで、ケージなどの猫グッズは、広いリビングの空調の風が直接当たらない隅にあった。キャットタワーや猫用ハンモック、爪とぎも置いてある。ノワールは楓子の登場にさして驚かず、そばで眠ったりするのでペットシッターの件は大丈夫のようだった。

次いでエサの保管場所や家の中のことを一通り教えてもらい、翌日からの楓子の着替えが入った荷物《バッグ》は一階のフロントで預かってもらった。

俺が預かったら不安だろ、と嶺河は笑いながら告げたのだ。

そんなことはないと否定しておいたが、確かに服や下着が入ったバッグの中身を見られたら恥ずかしい。そういうことをしない人だとは思うけれど、気遣いはありがたかった。

その後は彼の部屋で夕食をいただいた。嶺河も自炊をするらしく、道具はそこそこそろっている。楓子が感動したのは自動調理鍋だ。最新の調理器具で作った無水のトマトチキンカレーは絶品だった。

告白の返事を待っている男の自宅で、二人きりで過ごすなど緊張するだろうと怯えていたが、意外と居心地のいい時間を過ごせた。おそらく猫の存在が大きいのだろう。

猫好きは猫がそばにいればそれだけで癒やされる。たとえ猫が眠っていても、見ているだけで時間を潰せる。

ノワールの後をついて家中をウロウロする楓子を見て、嶺河は『君の方が猫みたいだ』と笑っていた。

そして今日、上司を見送って通常業務を済ませた後、楓子は嶺河の家に帰宅した次第だった。ノワールが食事をしている間に、猫用トイレの掃除を済ませて自分の食事を準備する。といってもすでに用意されているのだが。

嶺河が自動調理鍋に材料を入れて予約しておいたため、すでにポトフが出来上がっていた。それと冷凍のプチパンとクロワッサンを焼いて添える。これは卵も乳製品も使われていないパンで、わざわざ取り寄せたらしい。ありがたや。

「いただきます」

帰ってすぐに食事ができるのは幸せだ。楓子はノワールの食事風景を見守りつつポトフをいただく。野菜のうまみが引き出された優しい味わいが実に美味しい。パンもふわふわで滋味深い。

嶺河の心づくしを食べ終えた頃、ノワールも食事を終えたので食器を片づけた。それから猫の写真を撮って嶺河へ報告。彼は今インドにいるため、時差は三時間半。現地はまだ夕方だ。

いつもは社用のスマートフォンへ業務について報告するのに、プライベートのＳＮＳメッセージへ画像を送ることに戸惑いと心のくすぐったさがある。

――いや、これはアルバイトだから仕事と同じだわ。どうでもいいことよ。

あまり考えないようにしてソファに座り、帰宅途中で買ってきたファッション雑誌の誌面をめくる。

そのときノワールが膝にぴょこんと乗ってきた。エサを食べ終えてから消えていたのに、いつリビングへ戻ってきたのだろう。

この家のドアはトイレと浴室を除き、猫用くぐり戸が設置されている。ノワールは好きなときに好きな場所へ行けるのだ。

破顔する楓子は温かい体を優しく撫でる。耳の後ろや首回りをかくとグルグル喉を鳴らしている。幸福感が胸に満ちるようだった。やはり自分も猫を飼ってみようかなと思う。

父親が苦手とした生き物の飼育に抵抗感があったけれど、こうしてノワールと触れ合っていれば、そのような気持ちも薄らいでいく。

たぶん、寂しいのだろう。

入院していた父親の不在期間は長く、楓子は家で一人になる時間に慣れているつもりだった。しかし家族がいる状況の一人と、誰も身寄りがいない独りでは気の持ちようが違う。今まではいつか父親が帰ってくるかもしれないと、自分はまだ一人きりじゃないと縋る拠り所があった。

でも、今は――

不意に足元から寒気が這い上がってくる気がした。冷房はそれほど強くないのに。

目を閉じた楓子は、猫の毛並みを飽きることなくいつまでも撫でていた。

それ以降は嶺河の部屋から出勤し、終業後に再び戻ってくる生活を続けた。

さすがに初日は彼のベッドを使うことに抵抗感があり、ソファで眠った。しかし落下を気にして熟睡できなかったため諦めた。

二日目の夜、新品のシーツとベッドカバーに取り換えてベッドの中へ潜った。

――なんか、変な気分になる……

説明できない感情が胸の内にぐるぐると渦巻いて眠れない。本人はいないのに、まるで彼に抱きしめられているような気がして。

いやいや、そんなことではホテルに泊まれない。と、おかしな理屈をこねて自身を納得させ、その日は眠りについた。

すると夢の中に嶺河が出てきて、朝に起きたとき、心臓が爆発しそうなほど激しい鼓動を叩いていた。

「あっ、あかん……痴女じゃないんだから……」

まさか夢の内容が自分の願望なのかと、朝っぱらから頭を抱えてのたうち回り、おかげでお腹を空かせたノワールからニャアニャアと抗議を受けた。

四日目からはさすがに他人の部屋で生活することにも慣れ、嶺河の夢も見ず、床にノワールと一緒に寝転んだりとリラックスできるようになった。

しかし心に余裕ができると、自然と意識が嶺河のことを思い浮かべる。彼のことを考えてしまう。

――付き合って欲しいとは言われたけど、よくよく考えてみると好きだとは言われてないんだよね。

まあ、付き合うということが好意を前提にしているとは思う。それに男の人はハッキリ言葉にしないものだと、恋愛経験が乏しい自分でも聞いたことがある。言わなくても分かるだろ的な。

分かるものだろうかと、楓子は嶺河の部下として過ごした時間を最初から思い返す。

彼の秘書になったばかりの頃は、本気でいけ好かない男だと思っていた。しかし上司に色目を使わず、情報を漏らさず、真面目に仕事をしていれば特にストレスは溜まらなかった。

それは当たり前のことなので、やはり前第二秘書たちは少しモラルが欠けていたのかもしれない。

——分からないこともないけど。秘書って、独特なポジションだもんね。

会社の役員という上層部に付き従い、社内外秘を知り得て、他社の経営者ともパイプがある。それはすべて会社を通じてのつながりで個人のものではないのだが、勘違いをする人が出てきてもおかしくない。

実際に秘書になって元同僚から、『瀧元ちゃんが高飛車にならなくってよかった』と言われたことがある。それは転じて、秘書になって態度が大きくなった人がいることを意味するのだろう。

嶺河はそんな女性秘書たちが苦手だったのかもしれない。

そういえば最近、彼からまったく皮肉や嫌みを言われなくなった。なんとなく上司が変わったと感じ始めたのはいつだろう。記憶を遡《さかのぼ》れば……猫ボランティアを見に行った後のような気がする。

彼の姉の店で食事をしたとき以降のような。

そのとき楓子の脳裏に、パチンッと光が弾ける感覚があった。

父親のお通夜の際、九州へ出張中の嶺河がわざわざ帰って弔問してくれた。しかし部下の父親が亡くなったとはいえ、絶対に出席しなければいけないわけではない。やむを得ない事情があれば、こちらの忌引き明けにお悔やみを言えば済むことだ。

その後、いきなり保護猫を引き取りたいと言い出したことも不自然だ。猫を飼いたい気持ちはあったのだろうが、今思えば口実かもしれない。しかも『この車には誰も乗せたことがない』とは、転じて『乗せたいのは君だけだ』と言いたかったのだとやっと気がつく。

……床に転がったまま顔面を赤くする楓子は両手で顔を覆った。

遺言書の件を聞いたとき、彼は驚きつつも怒っていた。あれは楓子が死に急いでいるように取られて、悲しんでいたのかもしれない。おまけに『金は俺が出す』とまで言ってくれた。

森高に遭遇したときにこちらを彼女扱いしなかったのは、セクハラ予防もあるだろうが、心情を慮ってくれたのだろう。

——なんか、思い当たること、いっぱいある……

自分の鈍感さが情けなくなった。なんとも思わない女が相手なら、ここまで手間はかけないとさすがに察せられる。

好意を向ける相手に少しでも関わりたい。力になりたい。それは男女間の色恋だけではなく、親愛の情でも見られる気持ちだから。……こうして今、嶺河の頼みを撥ねつけられないのも同じ理由なのかと楓子は思う。

——分からない。

執着と束縛が愛情と同義になってしまった自分。若かりし頃の嶺河はそれを嫌って楓子を捨てた。その嶺河に望まれて素直に頷いたら、自分は同じ愚を繰り返すのではないか。

楓子は猫を抱き締めて目を閉じる。彼が帰ってくる日が近づいているものの、いまだに答えは出せなかった。

そして週末のタイムリミットとなる土曜日、午後零時十分。嶺河が搭乗する飛行機は定刻通り到着していると、空港の公式ウェブサイトで発表されていた。もうそろそろ帰宅すると思われる。

楓子は空港まで迎えに行くと言ったのだが断られていた。猫を見ていてくれと言われたら、それ以上は何も言えない。自分も猫を理由に彼から逃げたことがあるため、因果応報かと馬鹿なことを考える。

それから幾何《いくばく》かして玄関の扉が開く音が響いた。楓子の膝の上で丸まっていたノワールが、ピコンッと耳を立ててすかさず飛び降りる。尻尾を揺らしつつ玄関へ向かった。

——やっぱり飼い主の方がいいのか。

当たり前のことを残念に思いながら楓子も玄関へ向かう。脱走防止扉を開けた嶺河が、スーツ姿のままノワールを抱き上げるところだった。楓子と目が合った彼はにこりと微笑む。

「ただいま」

彼の自宅で彼を迎えるこの状況が気恥ずかしくて、楓子は素直に「おかえりなさい」と言いにくい。

「お疲れ様です」

ドキドキしながら頑張って微笑んだ。……その精悍な肉体を見ると先日の夢を思い出して落ち着かない。

嶺河が着替えると告げて、猫と共に寝室へ消えた。彼のベッドはすでにシーツもカバーも交換し、自分が使っていた痕跡は消してある。それでも短期間とはいえ使用していた部屋に嶺河が入るのを見るのは、むず痒い気持ちがあった。

いや、あそこは彼の部屋なのだから、自分の感覚の方がおかしいと頭では分かっているが。

うー、と呻りながらリビングで所在なげにウロウロしていると、白いカットソーとカーキのチノパンに着替えた嶺河が入ってきた。肩にノワールが乗っている。

「え、重くないんですか？」

「全然。ただ、爪を立てられるのが痛い」

苦笑する嶺河が猫を下ろそうとするが、ノワールは飼い主に爪でしがみつく。いでで、と声を漏らす嶺河が怒るに怒れず仕方なさそうに笑うから、楓子の緊張もすぐに解けていった。

「お昼ごはんがまだでしたら何か作りますよ」

「いや、機内で済ませた」

「あー、いいですねぇ」

上司のチケットを手配した際、国際線ビジネスクラスのサービスとはどのようなものかと、ネット検索して羨ましく思ったものだ。

視線を宙に向けてボーッとしていたら、猫を肩に乗せたままコーヒーを淹れる嶺河が話しかけてきた。

「じゃあ今度、ファーストクラスを体験してみるか？」

「え」

「もうすぐ盆休みだろ。今ならまだチケットも取れると思うし」

旅行に行こうと誘われていることに気がつき、楓子は頬を染めてうつむいた。

「えっと、でも、ファーストクラスってむちゃくちゃ高いですし」

「金は俺が出す。それほど高いわけじゃない」

あっさりと言われて金銭感覚のズレを再認識する。

昨日、楓子が自分の口座からお金を下ろしたとき、残高が増えていたので驚いた。嶺河からペットシッターの報酬が振り込まれていたのだ。

実は今回の話を受ける際、報酬をいくらにするか取り決めていなかった。自分的には猫と一緒に暮らせることはご褒美なので、お金は要らないぐらいである。

それなのに、プロのペットシッターを頼んでもここまで高額にはならないと言い切れる金額が振り込まれていた。

慌てて嶺河へ送ったメッセージで多すぎる旨を伝えたが、適正価格だと、それ以上安くしてどうするんだと不思議そうなメッセージが返ってきた。資産家の彼なら、本当にそう思っているのだろう。

しかし自分は庶民の生まれである。

「いいえ、旅行は……ノワールを一人にしたくないですし」

「あ、そうか。じゃあ国内のペット可のリゾートにするか」

「いいえ、そうじゃなくて……」

視線を嶺河から逸らして口ごもる。旅行に行く前提で話が進んでいるではないか。このままでは流されてしまう。

そのとき不意に、嶺河が互いの間にある距離を詰めてきた。

視野に彼の首から下、大きな体躯が入り込んで咄嗟に顔を伏せる。顔面がじわじわと熱くなってきた。

うつむいていても彼が身を屈めるのを感じ取る。自分の頭の横に彼の顔があると。

かすれた吐息混じりの声が耳に吹きかかった。

「コーヒー」

「……え」

「淹れたけど、飲まないか？」

顔を上げれば口元を吊り上げて微笑む嶺河と、彼の肩に乗って飼い主と同じように楓子を見つめるノワールがいる。

彼女はぱちくりと目を瞬かせた。

「あ、はい……、いただきます」

呆けたまま答えると嶺河はスッと離れていく。それから二つのマグカップにコーヒーを注ぎ、楓子を促してリビングへ移動した。彼がソファに座るとノワールは飼い主の膝の上にジャンプする。いまだになんとも言えない表情の楓子は、マグカップを受け取ってコーヒーを一口飲んだ。そのとき。

「俺と付き合うかって答えは出た？」

いきなり核心をついてくるので、楓子は熱いコーヒーを噴き出しそうになった。慌ててマグカップをテーブルに置いて嶺河を凝視する。

彼は自分のテリトリーにいるせいか、うっすらと微笑んでおり、楓子に告白したときよりも余裕があるように見えた。それに対して彼女の方はテンパっている。

「えぇっと、そのぉ……私の、どこがよかったんでしょうか……」

埒《らち》もないことを口走れば、そうだなと呟いた嶺河は視線を宙に向けてから答えた。

「やっぱりきっかけは仕事に対する姿勢かな。俺の秘書になっても無駄な媚びを売ることもないし、きちんと仕事をしてくれるし」

数日前に考えたことと似た内容を言われて複雑だった。そんなことは社会人として当たり前である。

「けど君を部下ではなく女性として見るようになったのは、お父さんのお通夜のときかな」

「……え」

「君の孤独に寄り添いたいと思ったのがきっかけだと思う」

その言葉に楓子の脳内では巨大な疑問符がいくつも浮かび上がり、思わず素っ頓狂な声を出してしまった。

「それって思いっきり同情なのでは⁉」

嶺河の精悍な顔を見上げて固まってしまうと、彼の方は眉根を寄せて「何言ってんだ」とでも言いたげな顔つきになった。

「同情かもしれないけど、別にきっかけはなんだっていいだろ。今、君に抱いている気持ちは愛情なんだから」

「えぇー……」

そうなの？　それって同情のままじゃないの？　と、楓子は視線を嶺河の顔から外して思案顔になった。

家族の死というド直球《ストレート》な不幸に直面した部下は、年下の女性かつ元カノという、嶺河にとって分かりやすい弱者だった。同情心を抱いてもおかしくはない。

しかしそこから愛情へステップアップする心理がさっぱり分からない。同情と愛情は似て非なるものだと楓子は考えている。彼は愛情だと言っているが、同情の延長線ではないかとの疑いが消えない。

聞かなければよかったと微妙な顔つきで押し黙っていたら、嶺河は手に持ったマグカップをテーブルに置いて楓子の顔をのぞき込む。

「なんか色々考えていそうだけど、俺から言えるのは、君に明確な好意がなくても俺が嫌じゃないなら付き合って欲しいってことだ」

そう告げる嶺河が楓子の左手を取る。大きな手のひらに包まれて、彼女は己の顔面が赤くなっているだろうことを悟り、反射的に視線を逸らせた。

好きじゃなくてもいいと断言する嶺河は大人だと思う。生きることに屈折せず、人生経験を順当に積み重ねた、成熟した大人の余裕を感じさせた。彼の潔さに羨望さえ感じる。

もう互いにいい歳の男と女だ。中高生のように清い交際から始めて……なんて手順を踏んだ青くさい流れにならないことは自然と学んでいる。

お見合いがいい例ではないか。あれは結婚という目的があって自分たちと厳密には違うけれど、お互い相思相愛になって交際を始めるものではない。

いいな、とか、悪い人じゃない、などのプラス要因によってお付き合いを始めるのだ。好きになるために。

恋の始まりが恋ではないことを、鈍感な自分でも理解していた。それならば――

「あの……、好意というより、尊敬の気持ちだけで……、お付き合いをすることは可能でしょうか」

「もちろん」

迷うことなく即答する嶺河の弾んだ声に、驚いた楓子が顔を上げる。彼の美しい顔には満面の笑みが浮かんでいた。

「俺は基本的にプラス思考なんでね」そう言いながらズイッと顔を近づけてくる。「付き合ってくれるなら、絶対に俺に惚れさせてみせる」

宣言するかのように言い切る嶺河の口元には、久しく見ていなかった、悪戯を思いついた子どものような笑みがあった。

なぜか楓子の心に、早まったのではないかとの疑問が浮かぶ。

「でも、今は家族を失ったばかりで……、その寂しさをあなたで埋めようとしているかもって思いますし……」

「別にいいだろ」

これまたあっさりと肯定するため、「本当にいいんですか？」と疑いの目で嶺河を見つめてしまう。

視線の先にいる男は不遜に微笑んでおり、無理をしているとか、舌先三寸といった感じではなかった。

「俺以外の男で満たされようとするなら怒り狂うけど、俺だからいい」

不敵な笑みを浮かべる彼は実にポジティブだった。こうして対峙していると、自分のように交際へ至る一歩を踏み出せない人間は、これぐらい積極的な男がいいのかもと思う。

なんとなく丸め込まれた印象もあるが、楓子もようやく腹が決まった。

「わ、分かりました。どうぞ、よろしくお願いします……」

堅苦しいかと思いながらもぺこりと頭を下げれば、握られていた左手が恋人繋ぎになった。

絡み合う指から伸びる筋肉質な腕を伝って嶺河を見れば、とても機嫌がよさそうな彼が顔を近づけて額にキスをしてくる。瞼やこめかみにも軽く吸いつき下がっていく。

彼の目的を悟った楓子はギュッと目をつぶった。

やがて互いの唇がそっと触れ合う。十二年、いや、すでに十三年ぶりとなった口づけはひどく優しくて、泣きたいようなもどかしいような、じれったい感慨が胸にこみ上げる。

——初めてキスしたとき、すごく嬉しかった。

嶺河をひと目見たときから、心と意識のすべてが吸い寄せられるようだった。自分だけの世界に他人が入り込み、その人のことだけしか考えられない不可解な感覚を初めて知った。

彼のことが好きで好きでたまらなくて、勉強もそっちのけで女子力を上げる努力を重ね、告白を受け入れてくれたときは有頂天になった。

あまり長くは続かず楽しい思い出ではないため、その人とこうして大人になってからキスをするのがとても不思議に感じる。まるで夢を見ているようで。

それでも上下の唇を優しく食《は》むキスは、楓子に安心感をもたらしてくれた。だからいい具合に力が抜けていたのだろう。

ほころんだ唇の隙間から予告もなく熱い舌が差し込まれた。

「んんっ」

目を見開いた途端、硬直する楓子の舌が搦め捕られる。唇で舌を吸われ、反射的に絡め合う指を離そうとしたが、彼の指に痛いほど力がこもって拘束される。空いてる右手で押し返そうとしても力では敵わない。

嶺河のもう片腕が楓子の背中へ回り、大きな手のひらでうなじをガッチリつかまれ、完全に逃げられなくなった。

ようやく正気に戻った舌が離れようとするが、狭い口内を彼の舌が隅々までまさぐってすぐに捕らわれる。

「んっ、んっ！」

怯える楓子の舌がねっとりとり絡められた。唇の角度を変えて吸われると卑猥な水音が響き、うなじから腰に掛けての背中の皮膚が粟立つ。体に力が入らず、へたり込みそうになった。

流れ込んでくる唾液を飲み下すことができない。合わさった唇の端から垂れ落ちる。

唇の際《きわ》から顎へと伝わる濡れた感触に、楓子の胸の奥でゾクリと甘い痺れが走った。

「はぁっ、ぁふ……」

貪《むさぼ》る、との表現がふさわしいほど深くて長い濃厚な口づけに、呼吸がうまくできず朦朧《もうろう》としてくる。嶺河の分厚い胸板を何度も強く押せば、ようやく唇が離れてくれた。

肩で息をする楓子はもはや涙目だ。

「どうして、舌を入れるんですかぁ……」

大変情けない声を漏らして手のひらで唾液を拭っていると、嶺河がキョトンとして見つめてくる。

「どうしてって、入れたいからに決まってるだろ」

「だって、昔はこんなキス、しなかったじゃないですか……」

一拍の間を開けて嶺河が噴き出した。

「そりゃあ、あの頃は俺も子どもだったし。……そうか、こういうキスも知らないのか」

クス、と嬉しそうに笑う嶺河が呟きながら楓子の顔をのぞき込む。

至近距離で見つめられて、彼女は脳裏に先日の夢を思い出してしまった。おかげで心拍数が急激に上昇し、慌てて絡み合う手を振り解き両手で顔を覆う。

「あああぁ……っ」

その声に驚いたノワールがソファから降りてリビングを出ていく。

「どうした？」

疑問を帯びた声が耳元で優しく囁かれる。仕事中に聞く声とはまったく違う、セクシーで艶のある甘い響き。楓子の心臓はドキドキを通り越してバクバクと激しく動いていた。

「……夢を、思い出し、て……」

「夢？　なんの？」

「……あなたが、出てくる、夢を、見て……」

さすがに内容までは答えられないから、「どんな夢？」と聞かれても手で顔を覆ったままブンブンと頭を左右に振る。

腕を組んだ嶺河は沈黙する楓子を見下ろし、やがて唇を吊り上げて悪辣な笑みを浮かべると彼女の脇下をくすぐり出した。

「ふにゃっ、ふにゃあーっ！」

「猫好きって猫みたいな声を出すんだな。可愛い」

悦に入った表情の嶺河が楽しそうにくすぐるため、楓子は彼の腕をつかんで引き剥がそうとするもののビクともしない。

「やめっ、にゃあっ、ふあーっ！」

必死に逃げようともがく楓子へ嶺河が覆いかぶさってくる。

「俺の夢って、どんな夢だよ」

言いながら片手でくすぐり、もう片腕で暴れる楓子の頭を固定して耳朶《みみたぶ》に唇をつけた。

「教えてくれ。――楓子」

ビクンッと彼女の体が竦み上がる。恐怖ではなく劣情によって。

嶺河との過去はもう十三年も前のことで、強く記憶に残っていること以外は思い出せないほど昔のことだ。でも今、名前を呼ばれて無意識下で体が反応した。

男の色香をまぶしたこの声を知っていると、自分はこの声に弱かったと、今の今まで思い出さなかった記憶がよみがえってくる。

くすぐったさに身をよじりながら再び両手で顔を覆い、細い声でとうとう白状した。

「あっ、あなたに、抱かれる夢……」

告げた途端、ピタリと嶺河の悪戯が止まる。おまけにものすごい視線を感じた。視界を塞いでいても凝視されていると感じるほど強く。

何を言われるか分からなくて委縮する楓子は、そんなに見ないで、と心の中で悲鳴を上げた。するといきなり抱き上げられて本当に悲鳴を漏らす。

「うわぁあっ！」

勢いがよすぎて反射的に嶺河の首に縋りついた。その際、嶺河の肌の温かさや滑らかな髪の感触を皮膚で感じ、首の付け根辺りがざわざわしてギュッと身を縮める。

彼女が大人しくしがみ付いていることで、満足そうに微笑む嶺河は足早に寝室へ向かう。器用に肘でドアレバーを開けて突き進み、宝物を扱う慎重さで腕の中の存在をベッドに下ろす。

すぐさま楓子に覆いかぶさった。

「君がその気になってくれて嬉しいよ」

「……へ？」

状況が理解できずに蒼褪める楓子が見上げると、嶺河は口元に弧を描いて楽しそうに微笑んでいる。

なぜだか彼が知らない男に見えた。

昔の嶺河はこんな笑い方などしなかった。皮肉っぽい笑みは当時から浮かべていたけれど、こんな取って食うような凶暴で淫靡《いんび》な笑い方など。

呆然としていたら彼女の細い首筋に男の唇が押しつけられた。

「ぅわわっ！　ちょっと待ってくださいお願いです心の準備が！」

「夢って願望の表れって言うよな。そうか、そんなに俺に抱かれたかったとは」

気づいてやれなくてすまない、と嶺河が囁きながら肌に吸いついては舐めてくる。彼が触れる箇所からジンジンと性感が浸透するようで、楓子は混乱から瞳を閉じて身をこわばらせてしまった。

抵抗が失せた肢体に大きな手のひらが這いまわる。再び背筋が粟立つような感覚が走り抜けた。

「あ……っ」

服の上から乳房を揉まれると、彼が心臓の鼓動を直《じか》に聞き取っているような気分になる。自分の心音の昂ぶりが嶺河に伝わっている羞恥で楓子は身をくねらせた。

瞳を開き視線を下ろすと、彼は体重をかけないよう楓子を組み敷いて胸の谷間を舐めている。いつの間にレースブラウスのボタンを外したのか、気づくことさえできないでいた。

大きな体に圧し掛かられて逃げられない。こんな昼間から押し倒されるなど、自分の常識というか人生の予定に入っていなかったのに。

だが嶺河はこのまま突き進むつもりだと察していた。この人が盛ったとき、途中でやめるなんてことはなかったから。

我慢ならず楓子は声を上げた。

「あの！　変なお願いですけど背中を向けてもいいですか！」

「なぜ？」

笑いを含んだ声が胸元から立ち昇る。この状況を楽しんでいるとしか思えない嶺河が顔を上げた。

眼差しが絡むと、彼からフェロモンが放たれているようだと楓子は思う。

「だって、刺激が強すぎます……こういうことするの、十三年ぶりなのに……」

まさかロストバージンの相手へ、セカンドバージンをも捧げるとは思わなかった。

ベソをかいた声で懇願すれば、クックッと笑う嶺河が上半身を起こしつつ楓子の上体を持ち上げてくれる。

いいよ、と彼が言ってくれたので、座り込んだ彼女はその場で素早く半回転して膝を抱えた。すかさず背後から抱き締められ頭頂部にキスが落とされる。

今朝、シャンプーしてよかったと楓子は心から安堵した。……いや待って、期待してたわけじゃないから。でもなんとなくこうなる予感があったから。

などなど、誰にも聞かれていない言い訳を心の中で呟いてるうちに、レースブラウスのボタンを背後から外されて身を硬くする。

……今日の下着は上下揃えている。いつものベージュのシンプルな下着ではなく、白地に薄いピンク小花が散る可愛らしいデザインだから、幻滅されることはないと思う。いやいや、彼が下着ごときで幻滅などしないと思うけど。ああでも、もうちょっとセクシー系の下着にするべきだったかな。というか汗くさかったらどうしよう。ずっと冷房が効いた部屋にいたけれど、ノワールと遊んだときにはしゃいでいたし。

と、これまた楓子が思考を無駄に回転させていたら、キャミソールが脱がされて露になった背中のホックがためらいなく外される。

胸部に解放感を得たときには、上半身が裸になっていた。咄嗟に腕で胸を隠して体を震わせるが、背中の肌をなぞる彼の手のひらの温かさに翻弄される。

「ふぁ……っ」

ツーッと、彼の指の腹がうなじから背骨に沿って下ろされた。触れるか触れないかの危うさで、柔らかな刺激が楓子の劣情を揺さぶってくる。特に肩甲骨の輪郭をなぞるようにくすぐられると、体の中心部へ淫らな波が打ち寄せるみたいで。

そのとき、体温を上げる彼女の白い滑らかな肌へ嶺河の唇が寄せられた。

「んぁっ」

唾液をたっぷりとまぶした舌がぬるりと肌を這いまわる。同時に彼の指先が細い肩の上を滑り、肘までの皮膚を往復して楓子を悶えさせた。

舌と指による優しくてもどかしい刺激に、彼女の奥深いところで疼きが堆積していく。十三年前では感じなかった性の脈動が楓子を内側から震わせ、肉体を蕩けさせて熱い吐息が零れ落ちた。

その溜め息にも似た揺らぎを合図に、嶺河の手がスカートのホックへ伸ばされる。ウエストがゆるくなって楓子はさすがに悲鳴を上げた。

「待って！　それは、自分で脱ぐ……」

背後を振り返らずに訴えると、「どうぞ」と余裕綽々《しゃくしゃく》の男の声が返ってきた。

楓子はノロノロとスカートごと下着を脱いで衣服を丸める。ちらりと見えたショーツのクロッチには、いやらしい染みが認められた。

自分は耳まで赤くなっているだろうと楓子が自覚していると、布地の塊を嶺河に奪われてベッドの下へ放り投げられる。

これでもう身を隠すものは何もない。シーツの中へ潜り込むべきかと逡巡していたら、後ろから服を脱ぐ音が聞こえて動揺する。特にチノパンのジッパーを下げる金属音がやたらとリアルに鼓膜を揺さぶるので、彼が自分を抱く準備をしていると如実に感じられて顔面が熱い。

振り返ることもできずに身を縮める楓子を、全裸になった嶺河が背後に引き寄せた。

「わわっ」

逞しい硬い体に抱き止められたとき、自分の頭の横に彼の顔があるのが見えた。嶺河がこちらの肩に顎を乗せて腹部をゆるく抱き締めてくる。咄嗟に脚の付け根と乳房を手で隠した。

このマンションは周囲にビルがなく、見られる心配がないのもあってカーテンを開けたままだ。昼下がりの明るい室内では裸体が丸見えとなっている。

嶺河にすべてを晒す状況の楓子は、羞恥で白い肌が薄桃色に染まり上がった。

「綺麗だな、楓子」

言葉という名の媚薬を注ぎ込んでくる嶺河が、楓子の手首を握り込んで引き剥がし、隠された秘部を露にする。嶺河以外、他人に見せたことがない女の秘密を暴かれ、チリチリと視線に炙《あぶ》られ、楓子は軽くパニックに陥り叫んでしまった。

「くっ、くびれがなくてすみません！」

「くびれって、あるだろ」

不審そうな声を出しつつ、嶺河が腰をムギュッとわしづかんでくる。

「ひぇっ！」

「いいプロポーションをしている」

素直に称賛を感じさせる甘い囁きを聞けば、失望はしてはいないようだと楓子は安堵の息を吐いた。

「よかった、です……」

ハーッと大きく息を吐く様子があまりにも切実だったせいか、嶺河が何かに気がついた。

「もしかして誰かに言われた……って、俺しかいないか」

「えっ、あ、いえっ、たいしたことでは――」

「つまり言ったんだな」

しまった。否定をするべきだったがもう遅い。

「えっと、確かに当時はすごく寸胴で、その通りだったから……」

筋肉の少ない体だったため、友人に勧誘されたソフトテニス部に入部したところ肉体が引き締まった。なので昔の彼の言い分は間違っていない。

しかし嶺河の声は沈んでいる。

「すまん。もうなんと言うか、すまない」

「……いえ、本当のことですから」

「そんなことはない。俺だってブツが小さいとか言われたらショックだ。他人《ひと》の体については安易に口にすべきじゃないのに」

「でも、私は比較する男《ひと》がいないから、そんなこと言わないですよ」

それを耳にした嶺河は楓子を抱き締める腕に力を込め、彼女を振り向かせて唇を塞ぐ。

「んくっ、……あン」

唐突な口づけは深く甘く、己を食べられてしまいそうな貪欲さを楓子は感じ取った。吐息ごと舌を絡められて口中の粘膜をあますところなく貪られる。振り向いた姿勢を維持するのは少しつらいのに、繊細で濃密な舌技《ぜつぎ》が思考を溶かしてどうでもよくなってしまった。

口付けの長さに息が上がり、縋るものを求めて嶺河の鞣革《なめし》を張ったような腕に爪を立てる。

彼女の様子に気づいた嶺河はそっと唇を解放し、愛しい者を見る眼差しで彼女の瞳を射貫いた。

楓子は、吐息が混じり合うほどの近さにある顔が、本当に美しく整っていると感動する。筋骨の逞しい男くさい人なのに、自分的には少し苦手とする部類の人なのに、とても綺麗で見惚れてしまうと今になって思う。彼の部下になった頃は、そんなふうに思わなかったのに。

同時に、これほどの美男子が自分の何を好きになったのかと不安を抱いた。

無益な思考に翻弄されていると、熱視線を向ける嶺河が彼女の頬に瞼にと顔中に吸いついてから耳に囁きを注ぐ。

「もうこの際だから聞くけど、俺とのセックスでイったことってある？」

直接的な単語を送り込まれて楓子の腰が小さく震えた。

「……そういうことは、聞かないのがマナーだと思います」

「あ、ないんだ」

言い切られて否定ができないため押し黙る。当時は少しの痛みを我慢していれば、彼に抱かれる悦びに没頭できた。

「すまん、あの頃って猿だったから、自分のことしか考えなかった」

「あの、もういいんです。もうこの話は……」

「時間は戻せないから、せめて今は気持ちよくさせてみせる」

背後から大きな手のひらが乳房を包み、過去の罪滅ぼしをするかのように優しい手つきで揉み上げてくる。ゆったりした繊細な指のリズムは、ふるりと揺れる体を宥める気遣いを楓子に感じさせた。

性欲に流されない大人の余裕が頼もしい。だがそれ以上に理性が乱されそうな予感に怯え、楓子は少しずつ前屈みになって無意識に離れようとする。

もちろん嶺河が彼女を逃がすはずもなく、楓子の背中に密着して己の腰を押しつけてきた。

「あ……」

尻のあたりに熱くて硬い存在が当たっている。肌で感じるその大きさに彼女は呼吸が止まりそうな気持ちだった。

——なんか、大きい、ような……

比較対象がいない楓子だが、過去の嶺河自身との比較はできる。脳裏に埋められた記憶を掘り返して比べてみると、なんとなく昔より巨大化していると思うのは気のせいだろうか。

焦りと、ソレが自分の中に入るという恐れで皮膚が粟立つ。

「……どうした？」

楓子に頬ずりをしながら嶺河が色っぽく囁いた。彼は返事を期待していないのか、そのまま少し汗ばむ左手で乳房を揉み込み、右手を局部へと下げて草叢《くさむら》をかき分ける。

遮るものがない楓子の秘部をまさぐり、まだ縮こまっている粒をそっとひと撫でした。

「アッ」

たったそれだけでお腹の奥が疼いて身をくねらせる楓子は、さらに上体を丸めてうつ伏せになる。しかし嶺河の手は彼女を逃さず、彼がぴたりと貼りついたまま倒れ込んできた。

大柄で屈強な男が覆いかぶさってくるものの、肘をついて体を支えているのか重くはない。だが嶺河という檻に囚われた状態なので、じんわりと体温を上げる彼女の呼吸が逼迫《ひっぱく》してきた。

追い詰められる楓子が心臓の激しい鼓動を内側から聞いていると、脚の付け根にある骨ばった指先が割れ目に沿って上下に動く。

「うぁ、あ……っ」

決して強くはない、楓子の反応を見定める動きだが、ソコを自分で触ることもなかった彼女にとって刺激が強すぎた。

「だめぇっ」

思わず拒絶の言葉を漏らしてしまう。しかし男の指は一瞬止まったものの、あふれ出る蜜を感じ取ってすぐに卑猥な刺激を注ぎ込んできた。

肉びらの一枚一枚を丁寧になぞり、入り口の形を確かめるような指使いで楓子を翻弄する。

「ああ、あぁぁ……っ」

次の瞬間、楓子の股座《またぐら》に強い違和感を覚えた。彼女の女の部分に男の長い指が差し込まれ、膣内で蜜を練るようにかき混ぜられる。武骨な指先は、くちゃくちゃと淫らな水音を立てて楓子の女を解《ほぐ》そうとしていた。

「やあぁ……まってぇ、んっ、みねかわ、さん……っ」

「こういうときは名前で呼んでくれ」

前は呼んでくれなかったからな、と嶺河が囁きつつ楓子の耳朶に歯を立てて甘噛みする。柔らかな肉に硬い歯が当たる感触は、噛み千切られる恐れと微弱な快感をもたらして彼女を操った。

「あっ、あぁ、仁、さん……」

ピタリ。急に男の動きが止まって甘い痺れが途切れた。硬い指を挿れたまま嶺河が、うーん、と思案の声を漏らす。

「その呼び方だと、納豆みたいに粘ついた女を思い出すからイヤ」

誰のことを言っているのか楓子は瞬時に悟り、笑ってはいけないと思いつつも小さく噴き出してしまう。このときだけは淫靡な雰囲気も吹っ飛んだ。

「私、納豆は好きなのでその言い方はいただけません」

「じゃあそうだな、ネズミ捕りモチみたいな、かな」

それはあんまりな言い方だと思ったが、あれほど美しい女性よりも平凡な自分を選んでくれたことが嬉しかった。嶺河に傷つけられた女としてのプライドが、嶺河によって甘く癒やされる。

「……仁」

「ああ、それがいい」

満足そうに嶺河が微笑んだことは、楓子の耳を嬲《なぶ》る彼の唇の動きで感じられた。よほど嬉しかったのか楓子のナカに収めた人差し指が活発に動き出す。

「んっ、んあっ」

根元まで沈めた指が膣襞をこすり、奥の方で鉤状に曲げた指先で楓子を善《よ》がらせるポイントを執拗に探る。彼女を内側から辱める動きに秘筒がびくびくと蠢《うごめ》き、そのいやらしい波紋は蜜口を覆う彼の手のひらへ伝わった。

「……感じてる」

「言わな、ぃで……、ひぁっ、あんんっ」

うつ伏せで丸まっていた楓子は身悶えるうちに横向きとなる。嶺河が指責めを続けたまま上体を起こし、性感によって淫猥に煩悶《はんもん》する楓子をうっとりと見下ろした。

うつ伏せよりはるかに運動の自由を得た彼は、空いた左手を乳房の頂点へ伸ばし指先でキュッとつまみ上げた。

「ふあああぁっ！」

ずっとゆるい愛撫を受けていた胸に、鋭い快感を刻まれて彼女の背筋がしなる。さらに溢れだす蜜で濡れた手が膨らみかけた蜜芯を押し潰すから、楓子は腰を跳ね上げて身悶えた。

シーツをつかみ、嬌声を上げる彼女の肉体がじりじりと昂っていく。手加減を忘れ去った男の指《し》技《ぎ》に涙を零しながら腰を震わせ、強制的に注がれる悦楽を味わってはビクビクと全身を痙攣させた。

「ひゃうんっ！　やぁっ！　あぁン！」

長い間、感じることがなかった性の極みに向けて、楓子の体が嶺河の手によって導かれる。彼は小刻みに跳ね上がる肢体を押さえつけて女の性感帯を蹂躙《じゅうりん》し、啼《な》いて善がる楓子の肉体を快楽の渦へ沈めた。

やがて膨れ上がった蜜芯を親指でクニクニとしつこく嬲り、膣道をまさぐる指の腹で弱点を押し上げ、勃ち上がった乳首を指先できつくひねる。

「ふあああぁ――――っ！」

複数の箇所への強すぎる愛撫に、楓子はとうとう悲鳴を上げて絶頂を呼び込んだ。

ぶしゅっ、と粘り気のある淫水が噴き出して男の手と彼女の太腿を濡らす。

「あ、あ……」

肩で息をする楓子は呆然と虚空を見つめ、強すぎる快楽が下腹の奥から全身へと駆け抜ける感覚に虚脱していた。

朦朧とする意識のまま横たわっていると、不意に男の手が彼女の裸体を転がして仰向けにする。

楓子は虚ろな視線をさまよわせ、張りのあるたわわな乳房を揺らし、薄い腹を呼吸に合わせて震わせ、下草をたっぷりと蜜で濡らし、ゆるく開いた脚の間から欲情した女の香りを放っている。

その艶姿を嶺河が視姦しつつ舌なめずりをすると、魅力的な肉体に覆いかぶさり口付けを落とした。薄い唇を割り開き、彼女の舌に自分の舌を絡め、歯の粒を舌先でなぞる。

正気に戻った楓子も彼の唇に応え、舌を舐め合い、重力に従って流れ込む唾液を味わってから飲み下す。

キスの熱意に胸をときめかせる楓子は嶺河に縋りつき、自然と脚を開いて大きな体を受け止めた。

「仁……」

口付けの合間に名を呼べば、彼は猫のように目を細くしてご満悦の様子だった。

「いいね。君にそう呼ばれると」

「そう、なの……?」

「距離が近づくって言えば分かるか？　他人行儀な感じがなくなる」

だから敬語も使うなよ、と告げて豊かな乳房に吸いつき、赤い花のような押印《おういん》をいくつも刻んでくる。

勃ち上がった尖りにも吸いつかれて、歯と唇と舌で嬲られる楓子は背筋を反らせながら下腹部を震わせた。

「あンッ、……仁」

どこを触れられても、どこを吸われて舐められても、もどかしくて気持ちいい感覚が彼女の肉体の奥を疼かせて蜜を溢れさせる。楓子が身をくねらせるたびに、くちくちと脚の間から漏れる卑猥な音が喘ぎ声と絡まって彼女の発情を高らかに伝えた。

その音に興奮した嶺河が、楓子の膝裏をつかんでグッと限界まで大きく広げる。女の秘部をさらけ出す痴態に彼の陽根がいきり勃ち、先端から透明な露《つゆ》がしたたり落ちた。

彼女の太腿が羞恥と怯えからかすかに揺れて、反射的に脚を閉じようとする。が、男の強い力で阻止された。

楓子は咄嗟に顔を背けて片腕で両眼を隠す。

「仁……、恥ずかしい……」

「見てるのは俺だけだ。君は俺だけのものなんだから」

そうだろ、と傲慢に告げる嶺河の声が答えを求めている気がして、楓子はおそるおそる腕をどかすと彼を見上げる。

獲物を狩る意欲にあふれた瞳がこちらを射貫いていた。今まさに楓子を食べようとする獰猛《どうもう》な激情が嶺河から放たれて、彼女の子宮がきゅうっと収斂《しゅうれん》する。

そのとき、熱い吐息を零しながら楓子ははしたない願望を胸に抱いていた。

——もう抱いて欲しい。

だから恥ずかしくとも頷き、上目遣いで自分の男を求める。口ほどにものを言う目が誘惑の気配を帯びて、眼差しで恋人を搦め捕る。

彼女の非言語のメッセージを正確に読み取った男は、性急な動きでサイドテーブルの引き出しから避妊具を取り出した。

そこを開けたことがない楓子は、そんなものがあるのかと劣情に酔いながら彼の動きを目で追う。

このときようやく嶺河の全体をまともに見た。大人になった彼を筋肉質な体型だと思い、脱いだらすごいだろうとの予感は彼の部下になった初日から抱いていた。それは間違っていなかったようで、硬く締まった筋肉に覆われている骨太な肉体は実に美しい。

十代の彼はここまでの迫力はなかったため、この肉厚な体にこれから嬲られるのかと思うと、期待で心臓が止まりそうな気分になった。

「仁……」

切ない気持ちで両腕を彼へ伸ばせば、嶺河が再び体を重ねて楓子を優しく抱き締める。直に感じる体温と鼓動は癒しと安らぎを楓子にもたらし、体から無駄な力がしゅるしゅると抜けていく。

そっと唇が重ねられた。貪るほど激しくはない、慰めるような穏やかなキスが長く続く。

ゆったりと唇の温かさと心地よさを堪能していると、目一杯広げられた局部に硬い一物が押しつけられていた。久しぶりの感覚に鼓動が速まるものの、怖れる気持ちは不思議なほど感じなかった。

いいか、と耳元で囁かれる男の甘いおねだりに、楓子は口元をほころばせて、うんと答える。

極太の肉塊が蜜をたっぷりと絡めて少しずつ狭い膣道を押し広げてきた。

「あっ……、あん……」

腹の中を埋め尽くそうとする質量に、楓子もさすがに呼吸を乱して呻き声を上げた。

「痛いか？」

「んっ、だいじょ、ぶ……」

きついけれど痛みはない。それどころか媚肉が拓《ひら》かれるたびに疼きが増し、腰をいやらしく揺らしてしまう。

嶺河は楓子の表情を見つめながら、彼女が息を吐いて力が抜けた瞬間に腰を突き出し、息を吸うときに腰を引く。リズムに合わせて少しずつ楓子を貫き、やがて根元まで沈めると亀頭が最奥を突いた。

「んあ……！」

ぴくんぴくんと細い体が跳ね上がり、そのたびに剛直が腹を押し上げて薄い腹部に男の形を浮き上がらせる。

圧倒的な量感は楓子を内から支配して、嶺河が満足するまで彼に服従するしかないと彼女に知らしめた。その気持ちが肉体を刺激したのか、彼に熱く絡みつく媚肉がぬらぬらと蠢く。

「ハッ、すごいな……」

快楽の溜め息を零す嶺河が楓子の首筋に顔を押しつけながら呟く。

「ンあっ、仁、気持ちいい……？」

「ああ、最高だ」

もう動きたいと、甘える口調で嶺河が囁く。……この声はずるいと楓子は唇を引き結んだ。こんな色っぽい声でねだられたら拒絶なんてできない。

それでも楓子は頬を赤く染めながら頷く。もっともっと気持ちよくなって欲しいと、気持ちよくして欲しいと思っていたから。

体を起こした嶺河が息を整え、組み敷く楓子の太腿をつかみながら律動を送り込んでくる。

「んー……、んっ、はぁん、あ……、あぅう……っ」

ゆるやかな抽送に嬌声が止まらなくなった。楓子は無慈悲に注がれる快楽に乱され、さらに彼のひりつくような興奮の眼差しに炙られて、お腹の底に熱が溜まっていくのを感じる。

「あうぅっ、うんっ、ん、ふっ、うぅー……」

背筋をじわじわと快感が這い上がり、まるで嬲り殺されるかのような甘い高揚感にのたうち回る。

楓子はもどかしげに頭を左右に振って涙声で訴えた
「あぁっ、くうぅ……、まっ、てぇ……っ！」

「つらい？」

嶺河が指の腹で乳房の突起をくすぐりながら問えば、楓子は荒い呼吸を繰り返しながらコクコクと頷く。

それで少し休ませてくれると思ったのだが、甘い考えだったと思い知らされた。

「大丈夫、好きなだけ啼いていればいいから」

「はぇ……」

呂律がまわらない楓子の頬を、嶺河がうっとりと見つめながら優しく撫でる。その驚異的に整った顔に、露悪《ろあく》的な薄暗い笑みが浮かんでいることに気づいて彼女の心臓が跳ね上がった。

何かを言う直前に彼の腰が勢いよく楓子の局部に打ちつけられる。

「ひゃあぁんっ！」

パンッ、と肉がぶつかり合う乾いた音が響く。いきなり動作が速まって、楓子は彼を締め付けながら強制的に高みへと昇らされる。

「んあぁ！　はあんっ！　あァッ！」

甘くて心地いい凌辱に身を震わせていると、彼の長い指が硬くなった蜜芯を弾いた。

「やあぁぁんっ！」

蜜をまぶした男の指と、激しくなった律動が容赦なく楓子を責め苛《さいな》む。あまりの刺激の強さに余裕のない乱れた顔をさらす彼女は、ビクビクと体を跳ね上げて涎を垂らし、嶺河の性技に身も心も溺れていく。うねる媚肉がますます強く男の分身に縋りつく。

「ンッ……」

密やかに呻く彼が歯を食い縛り快楽に耐えながら、楓子が啼きやすい腹側の箇所を亀頭の傘で執拗に抉った。

「だめだめぇっ、それっ！　んあぁぁ……！」

蹂躙される彼女の下腹部と四肢の筋肉が不随意《ふずいい》に痙攣し、一気に頂点まで上り詰めた。仰《の》け反った彼女の結合部から幾度も蜜の塊が噴き出し、互いの草叢といわず太腿を淫らに穢《けが》す。それでも嶺河は解放してくれない。

「もっ、ゆるしてぇ……っ！　おねがっ、ぃいっ」

ボロボロと涙を噴き零す楓子は声にならない悲鳴を上げて善がり、嶺河に屈服してもさらに快楽を刻まれて情けないほど身悶えた。

「ああ！　んあああぁっ！」

「まだだぞ、楓子」

「やあぁっ！」

彼の猛烈な動きに合わせて乱れる彼女は幾度も気をやり、いつしかその瞳から光が消えて揺さぶられるがまま震えていた。やがて嶺河がとうとう己に解放を許し、薄膜越しに熱い射液をたっぷりと吐き出す。

目を閉じて極上の気持ちよさを堪能した彼は、すぐに避妊具を付け替えて動けない恋人を横向きに寝かせる。脱力する片脚を軽々と持ち上げてもう片脚を跨ぎ、あられもなく広げられた股の間に己の体を入れて、衰えを見せない凶悪な陽根をズブズブと埋め込んだ。

「――――ッ！」

目を見開いた楓子がかすれた悲鳴を上げ、全身を大きく震わせて男を扱く。たった一突きで強引に頂点へと上げられた彼女はボロボロと涙を零しつつも、彼を飲み込んだ膣襞が力強く蠢いて分身を絞った。

卑猥な蠕動《ぜんどう》に嶺河は腰を震わせて快楽を味わう。

「イイな……」

うっとりと呟く彼は楓子を見下ろし、今度は再びゆるやかなペースで絶頂した彼女のナカを探索する。うねる媚肉の締めつけに顎を上げて身を任せ、抱えた脚に吸いつきながら蜜芯を指先でいじめた。

「ンァあっ、あああぁっ……！」

終わりが見えない濃厚な情事に楓子は啼きながら善がり、意識が飛ぶまで嶺河の性欲に付き合わされた。

# 第五章

楓子と嶺河が付き合うことになった翌週は、もう盆休みになった。今年はかなり長い休暇が得られるものの、彼女は猫がいるので旅行へは行かないと主張する。

嶺河は別に出かけても出かけなくても、どちらでもよかった。家に籠るなら彼女をベッドに引きずり込むだけである。

なので「休暇中は俺の家で暮らすこと」と迫れば楓子は迷いながらも頷いた。嬉しかったのでうっすらと笑ったら少し怯えられた。

連休初日、さっそく嶺河は車で楓子の家へ迎えに行く。彼女が出迎えた際、線香をあげたいと伝えたら恋人は困惑の表情を見せた。

彼女の顔には、「この人、そういう気遣いとかあるんだ」と考えているのがありありと出ている。日持ちする菓子折りを渡したらもっと複雑な表情になった。

素直だな。と、嶺河はいつもの不敵な笑みを顔に浮かべながら感心する。彼女が自分のことをどう思っていたのか実によく分かる反応だ。でなければ告白した男へ「尊敬の気持ちで付き合うことはできるか」なんて馬鹿正直に言わないだろう。あれはたぶん、こちらが断ってくれる期待も混じっていただろうし。

この子の頭の中で自分は心底クズだと思われているらしい。その気持ちは分からないでもないが。十三年前に楓子と付き合った記憶は、自分の中にほとんど残っていない。彼女にアレルギーがあって、二人で出かける際に食事が面倒だとの記憶がかすかにあるぐらいだ。

しかも楓子にしてみれば思い出したくもない過去だろう。嶺河にも、強引に付き合うことに頷かせた自覚はあった。

そんなことを考えつつ、家の中へ案内する彼女の後頭部をじっと見つめる。視線を感じたのか楓子が振り返った。

「なんですか？」

「敬語」

ピシッと言い切れば楓子は手を口に当てている。プライベートのときは敬語を使わないこと、と決めたのは嶺河だった。

「あっと、ごめん、ね？」

申し訳なさそうにする彼女の下がった眉が可愛い。そういう顔をされると、いじめたくなる。

クスッ、と嶺河が口の端を吊り上げて笑えば楓子は首を竦め、一つの襖《ふすま》を開けた。

百八十五センチある嶺河の身長と同じぐらいの高さがある、黒檀《こくたん》の立派な仏壇が仏間に置かれている。仏壇に安置された位牌の横には、彼女の両親と思われる男女が寄り添う写真が……いったいどれぐらい飾られているのだろう。いっぱいある。仏壇の手前の床にもフォトフレームがいくつか並べられていた。

微妙な表情になる嶺河はロウソクに火を点けて線香へ火を移す。瀧元家の宗派は線香を寝かせるというので、言われた通りにして合掌した。

楓子が冷たいお茶を持ってきたので、嶺河は座布団から降りて彼女と向かい合う。

「写真、すごいな」

笑顔で告げてみたのだが、楓子は渋い顔つきでお茶を飲みながら溜め息混じりに話し出した。

「父は生前、自分が死んだら仏壇は写真ごと処分していいと言ってたのよね。掃除も面倒だから、そのうち片づけると思う」

「仏壇って、そう簡単に処分するもんじゃないだろ」

「そりゃあ、まあね」

苦笑を漏らす楓子は、仏壇の前に座る父親の背中をよく思い出せると、ぽつりと零した。

仏壇の掃除も毎日のお供えも父親がやっていたため、彼がここにいる時間はとても長かった。しかし妻の元へ逝けば仏壇に用はない。だから要らないものを残す意味はないと父親は娘に言い残していた。

それを聞く嶺河は腕組みをして唇を引き結ぶ。

――本当に遺される娘のことを考えない人だったんだな。

父親が亡くなれば娘が両親の位牌や遺影を仏壇に安置するのに、それさえも必要としないとは。

「お母さんが亡くなったのって、君が十五歳のときだったよな」

頷く楓子を見て嶺河の顔がさらに苦い表情になる。

父親が娘を顧《かえり》みないならば、実質的にそんな時期から彼女は精神的に一人だったのだろう。

ちらりと仏壇に視線を向ければ、自然と写真の中の女性に注目する。

「君はお母さんに似たんだな」

「外見はね」

そう告げる楓子の言葉の裏には、中身は父親似ではないかとの恐れがある。正常であろうとする彼女の想いが滲んでいた。……めちゃくちゃ理知的な子なのに。

お茶を飲んだらすぐに二人は家を出る。

その際、嶺河は瀧元家を見上げた。年季を感じさせる二階建ての一軒家で、外観も内装も一昔前のものだと感じさせる。

嶺河は楓子の着替えが入ったバッグを持ち、愛車に彼女を乗せて自宅までの道を走りながら問いかけた。

「あの家、君一人で暮らすには大きいだろう」

「そうね。土地ごと売ってマンションを買おうかなって考えたこともあるけど、あそこは家族の思い出があるし……」

言葉を濁す楓子の横顔を横目で一瞥《いちべつ》し、嶺河は前を向く。

あの家にいるだけで彼女の孤独が深まっていく気がしてならない。だから彼女を見ていると、何気ない瞬間に儚さを感じてしまうのだろうか。

なるべく早く一緒に暮らすべきだと嶺河は強く思った。


その日の夕方、ベッド脇のサイドテーブルに置いた嶺河のスマートフォンが震えて、現《うつつ》と夢を行き来していた意識が現実へと引っ張られる。長い腕を伸ばして筐体《きょうたい》を持ち上げると、画面には黒部の名前が浮かんでいた。

なぜ休みの日に部下と話さねばいけないのか。無視することに決めた上司はスマートフォンをベッドに投げ捨て、もう一人の部下を抱き締める。

腕の中の楓子はぐっすりと本格的に寝入っていた。午前中に彼女を迎えに行った後、昼食を食べてから寝室へ連れ込んで体力を消耗したせいだろう。自分もいい感じに疲れている。

このままひと眠りしようと思ったのに、スマートフォンの震えはなかなか収まらない。溜め息をついた嶺河は渋々と画面をスライドした。

「なんの用だ……」

『お休み中に申し訳ありません。今、よろしいでしょうか』

「よろしくない」

『その声、眠っていらっしゃったのですか？　日本もまだ夕刻ですよね』

「ああ。おまえは確か……オーストラリアに行くとか言ってたな」

家族想いの黒部は、長い休みを得ると妻子を連れて海外旅行へ行くのが常だった。今年はケアンズだと言っていたことを嶺河が思い出していると、寄り添って寝ていた楓子がモソモソと動き出す。

「まだ休んでていいぞ」

頭を撫でれば、「ん」と声を漏らしてガーゼケットを肩まで被っている。彼女は寝起きが悪いため、こういうときは素直だった。おまけに眠くて仕方がないといった口調はとても幼く、いつもピシッと背筋を伸ばしてポーカーフェイスを貫く秘書の姿とは雲泥の差だ。

嶺河が口元をゆるめていると、『失礼しました。どなたかがおいでとは』と黒部の恐縮する声が耳に響く。寝起きのベッドに上司以外の人間がいる意味を瞬時に察したようだ。

黒部には楓子とのことを話していない。別に黙っていてくれと彼女から言われたわけではないが、仕事中は私情の欠片も見せず、完璧な秘書の顔で対応する彼女の気持ちを慮って誰にも言っていないのだ。

「気にするな。それより用件はなんだ」

『いえ。またのちほどかけ直します』

部外者がそばにいることを気にしたようだ。そこそこ重要な話だと悟った嶺河は、「構わん。話せ」

と尊大に命じた。楓子ならば聞かれても問題はないのだから。

しかしその配慮によって、黒部にはピンとくるものがあったらしい。

『……違ったら大変申し訳ないのですが、そこにいるのは瀧元さんですか？』

なんと答えるべきか嶺河が答えに詰まると、その数拍の沈黙で勘の鋭い秘書は答えを導いた。

『おめでとうございます。よかったですねぇ』

黒部とは互いに海外留学中、短いながらも親交があった仲だ。そのため、たまにこういうからかいを含む口調で話すときがある。

嶺河の顔に不機嫌そうな表情が浮かんだ。

「何がよかったんだ」

『いやぁ、瀧元さんって最近、室長から逃げたいオーラを出していたじゃないですか。なので振られたと思っていたんですよ』

沈黙する嶺河の脳内で、確かに交際を申し込んでから答えを聞くまで、微妙に避けられていたことを思い出した。そこで強引にペットシッターを依頼し、自分と向き合うよう仕向けたのだ。

嶺河の整った顔に苛立ちが滲む。しかも普段はこのぐらいで無駄口を止める部下だが、今は上司の顔が見えないせいかお喋りを止めない。

『けど僕としてもよかったです。彼女、心ない噂に困っていたときもあったので』

「噂？」

『今なら言えますけど、僕と瀧元さんが不倫してるって噂が社内中に広まっているんですよ』

「はあああぁっ⁉」

素っ頓狂な声を上げてしまい、楓子も目を覚ましたのかゆっくりと体を起こした。それでもまだ覚醒していないらしく、ベッドにぺたんと座り込んで目をこすっている。何も身に着けていない美しい肢体が夕日に照らされて赤く染まった。

『もともと第二秘書って、第一秘書の嫁候補だって揶揄《やゆ》されているんですよね』

「なんだそりゃ！　初めて聞いたぞ！」

嶺河はスピーカー通話に切り替えて枕の上にスマートフォンを置き、床に散らばっている服へ手を伸ばす。一番近くにあった自分のシャツを手繰り寄せて楓子に着せると、ボーッとする彼女はされるがまま袖に腕を通した。

『室長はこういう噂話に興味がないから初耳でしょう。まあ、仕方ないとも言えるんです。今まで役員は全員既婚者、若くても五十代後半でしたから、若くて美しい第二秘書はペアを組んでいる第一秘書を狙うって、面白おかしく言われていて』

実際、秘書同士が結ばれるケースも多かったため、やっかみを込めた噂話が絶えなかったと黒部は話す。なにせ役員付き第一秘書は出世コースだ。恋愛に人生をかけている女にとって標的《ターゲット》になりやすい。

そういう類《たぐい》の話が大嫌いな嶺河は思いっきり眉根を寄せた。

「会社は婚活パーティーじゃないぞ。第一おまえは妻子持ちだろうがっ」

『はい。なのでこの噂は瀧元さんへの悪意があるのではと思っています』

楓子のボタンを留めている嶺河の指が静止した。スピーカーにするべきではなかったと冷や汗をかいたが、黒部の言葉を聞いた楓子は目をこすりつつ、のんびりとした声を出す。

「私は特に気にしていませんので。秘書あるある、だそうですし」

ＭＣⅡに限ったことではなく、どこの会社でも秘書と上司の不倫話は付いて回るものだという。今回は上司ではなく先輩だが。

苛立つ嶺河は歯を噛み締めた。

「クソッ、誰がそんな噂を……っ！」

『どうも秘書課からのようですね』

その途端、嶺河は表情を真面目なものに変えた。楓子が部下になる前の第二秘書たちの顔を思い浮かべ、意図的に話を変える。

「で、なんの用だ」

『はい。スリランカから急ぎの連絡が入っております』

海外事業強化の一環として、マルチキャリア事業を展開するＣＭＨ《セイロンモビニアホールディングス》と、業務提携に向けた契約の締結を目指している。その交渉が膠着《こうちゃく》しているので担当者が嶺河と話をしたいらしい。

日本は連休中であるが現地で働く社員は通常営業だ。すぐさま嶺河は、「三十分後にミーティングをする」と言い放つ。

上司が仕事モードになったことを悟った楓子は、「準備します」と告げてベッドから降りると下着を身に着けた。ようやく覚醒したうえ敬語が出てきたので、こちらも秘書モードになっているのだろう。

彼女の寝起きの無防備な姿を愛《め》でるのが好きだったのに残念だ。まあ、機会はまだまだある。なにせ休暇は始まったばかりだ。

嶺河は手早くシャワーを浴びてワイシャツを羽織る。日本は休日だと分かっているはずなのでネクタイは省略。ウェブカムには上半身しか映らないため、スーツではなくデニムを穿いた。

リビングへ向かうとすでにノートパソコンが二台立ち上がっている。会議内容は録画するものの、楓子はリアルタイムで議事録を作成するつもりなのだろう。

業務提携の資料を眺めるフリをしながら、嶺河の視線が楓子に釘付けとなる。

彼女は自分のシャツを着ただけなので、剥き出しの白い脚が目に眩しかった。しかも脹脛《ふくらはぎ》の上に猫がごろりと寝転がっている。素肌を撫でる柔らかい毛並みがくすぐったく感じたのか、楓子はノワールをひと撫でして微笑んだ。

在宅勤務も悪くないと、嶺河は心の底から思った。しかしそれだと秘書《ふうこ》をそばに置くことができない。何かいい案はないだろうか……

仕事とはまったく関係のないことを考えつつ、彼はやたらと機嫌のいい声で会議を始めた。

日が落ちた頃にようやく会議を終えて、嶺河と楓子は一緒に夕食を作ることになった。楓子は外食より自炊が好きだという。アレルギー食材を気にしなくていいから、精神的に楽なのが理由らしい。

ノートパソコンを片づける彼女がついでに着替えてくると言ったため、嶺河はそのままでいいと彼女を止めた。

「え、なんで？」

「俺が嬉しいから」

剥き出しの滑らかな脚へ熱っぽい眼差しを向ければ、楓子が視線を遮るように自身の素肌を撫でる。

嶺河は彼女ににじり寄ると袖《そで》に手を伸ばした。メンズサイズの五分丈シャツは彼女が着ると七分丈になる。濡れないように肘までめくり上げた。

「これでいいだろ」

「……でも、スカートか何か、穿きたい」

「見てるのは俺だけだ」

柔らかな尻を撫でると彼女は慌てて立ち上がりキッチンへ逃げていく。嶺河もワイシャツを替えることなく、そのままに袖をめくって食事作りに参加した。

今夜は無水のトマトチキンカレーだ。以前、楓子に食べさせたらものすごく喜んで、「また食べたい」と言っていたから。自動調理鍋に材料を放り込んでおけば完成するため、こちらとしても楽である。

あのときは楓子へ料理を出したらひどく驚かれた。彼女の父親は台所に立たない人だそうで、妻の死後、コンビニ弁当や買ってきた総菜で不満を零さなかったという。そのため楓子は母を亡くした十五歳の頃から家事を担っていた。

「じゃあ、君が風邪を引いたときなんか大変だったんじゃないか」

すると包丁を握る楓子は、家中が散らかって洗濯ものが山積みになった、と笑った。

「しかもいつだったかなぁ、インフルにかかったとき、父がただの風邪だと思い込んで出張に行っちゃったの。あのときは高熱で動けなくて、このまま母親のもとへ行くかもって本気で考えちゃったな」

楓子がなんでもないことのように話すため、玉ねぎの皮を剥いていた嶺河の手が止まった。尻目で彼女を観察するが、その表情は特に悲しそうでもない。

おそらく似たようなことがそこそこあったのだろう。彼女の中でたいしたことではないと認識されるほど。

何も言わず嶺河は皮を剥いた玉ねぎをまな板の上に乗せる。みじん切りにする楓子は、フンフンと猫のように鼻を蠢かし機嫌がよさそうだ。嶺河は身を屈めて彼女の耳に顔を近づけた。

「……君が寝込んだときは、俺が看病に行くから」

わざとかすれた声を注いで耳朶に吸いつけば、小さな耳全体がみるみる赤くなっていく。

「どう、も……」

切った玉ねぎを鍋に入れる手がうろたえている。動揺を如実に表す様は、こちらの嗜虐心《しぎゃくしん》を気持ちよく煽ってきた。

今日のカレーは材料をすべて鍋に入れて自動調理を開始すれば、もうやることはない。まな板と包丁を洗い終えて所在なげにしている楓子が、「コーヒーでも、飲む？」と視線を逸らしながら聞いてきた。それをスルーした嶺河は身を屈めて彼女を縦抱きにする。

「何っ⁉」

慌てて首に縋りついてきた。こういうとき、彼女から求められているようで嬉しい。

「カレーができるまで時間がかかるだろ」

そう言いながら寝室へ向かうと、密着する体が固まって緊張が伝わってくる。男に慣れていない様子を感じるとき、己の内に仄暗《ほのぐら》い喜悦が生じるようだった。この子は俺しか知らない俺だけのものだと、独占欲が満たされて。

ベッドの上に下ろせば楓子は急いで反対側へと逃げる。しかしそちらは壁だ。彼女は壁にへばり付いて壁に向けて呻っている。

嶺河は小さく噴き出した。

「壁抜けはできないぞ」

「……昼間、もう、シたじゃない」

「そうだけど、恋人がそんな色っぽい姿でそばにいたら男は興奮する」

「じゃあ、寝るときはシない……？」

おそるおそる振り返って、片眼でこちらの顔色を窺う彼女を見ていると余計に興奮する。征服欲が滾《たぎ》って。

連休中でも楓子はボランティアに参加する予定があり、明日は講習会の手伝いに行くらしい。動物愛護を啓発する教室みたいなものだという。行政の猫についての施策や、現状などの説明をするとのこと。

彼女はそれに寝坊したくないのだろう。盆休みに聞きにくる奴がいるのかと思ったが、動物イベントを開催する会場で話すため、まあまあ集まるらしい。

だからといって自分が遠慮する理由にはならない。

「んー、するだろうな」

「じゃあ今は駄目！　明日起きられないもん！」

キッとこちらを睨んで吠えてくる。嶺河は悪辣な笑みを浮かべて、わざとゆっくりベッドへ乗り上がり膝立ちでにじり寄る。蒼褪めて膝を抱える楓子を腕と壁の檻に閉じ込め、覆いかぶさるように唇を耳に寄せた。

「ベッドから逃げ出さないなんて、本当はヤりたかったんじゃないのか……？」

わざと色気を含んだ声で囁けば、ピクリと震えて肩を縮めている。

可愛い。もっともっといじめたくなる。

「……でも、私、まだシャワーも、浴びてない……」

そういえば彼女はウェブ会議の準備をするため風呂に入っていない。

そこで嶺河はいいことを思いついた。

「じゃあ俺が拭いてやるよ」

「……拭かなくていい」

「拭いたら、それで終わらせるから」

「ほんと……？」

楓子が髪の間から嶺河を見上げる。彼は瞬時に人当たりのいい微笑にすり替えて頷いた。

「俺は君に触れられたら満足だから」

楓子が迷いながらも頷いたため、さっそく嶺河は準備に取りかかった。

サイドテーブルに熱めの湯を満たした洗面器《ウォッシュボール》を用意し、その隣に体を拭くタオルを何枚も積み重ねる。あまりの手際のよさに楓子の顔が引き攣っていた。

嶺河は戸惑う彼女をクイーンサイズベッドの中央に寝かせ、シャツのボタンを順に外していく。

前身頃を左右に広げれば、淡いミントグリーンのショーツのみを纏《まと》った素肌が現れ、楓子が恥ずかしそうに顔を背けた。

「寒くないか？」

「……ううん、ちょうどいい」

このマンションには全館空調システムが入ってるため、各家庭の好みの温度が家全体に隅々まで行き渡るようになっている。おかげで猛暑日である今日も快適だ。

嶺河はシャツを脱がすと自分がばら撒いた所有印を満足げに見下ろし、その痕を指先で軽く押す。

「んっ」

そのまま肌をなぞりながら次の赤い痕へ。そしてまた違う痕へ……

いやらしい動きではないものの、清純でもないささやかな刺激に、楓子は落ち着かない様子だった。

彼は指の動きを繰り返して下肢へと進む。指先がショーツの縁《ふち》から隠された秘部へ潜り込もうとすれば、楓子に手をつかまれた。

「待って。拭くんじゃないの……？」

「すまん。君の体に見惚れてた」

これは嘘ではないので正直に告げると、楓子はどんな反応をすればいいのか分からない様子でモジモジしている。恥じらいと照れを含んだ表情に、嶺河はもうこのまま襲ってしまいたい気分になった。が、グッと我慢してタオルをお湯に浸し、固く絞る。

メイクを落としていないため首から下を丁寧に拭いていく。まずは右腕から肩を、心臓に向かって優しく撫でるように。手をタオルで包んでいるときは、細い指先の一本一本に触れるだけの口づけを贈った。

ホットタオルを変えて左手も同じように拭きながら唇で触れる。ちらりと楓子を見遣れば、彼女の眼差しが妖しくゆらゆらと揺れていた。

「どうして、指に、キスするの……？」

心が熱せられている表情だと嶺河は思う。相手のことで頭がいっぱいで、それ以外のことを何も考えられないときの顔。

悦に入る嶺河は、「キスしたいから」と呟いて指だけではなく手首にも吸いついた。

はあ。と、楓子の吐息に女の艶が混じる。

彼は再びホットタオルを変えて、鎖骨から乳房の周りを円を描くように、力を入れすぎない程度に柔肌を清める。膨らみの付け根を刺激しつつも、胸そのものは触れないままで。

サワサワとしたもどかしいタッチに楓子は身をくねらせた。その悩ましい媚態《びたい》は、彼女の肉体に小さな情欲の炎が点ったことを相手に知らしめた。

「あの……」

「ん？」

嶺河が平然とした表情を顔面に貼りつけて楓子を見れば、恥じ入る彼女はそっと視線を外す。

そのためらいを含む仕草があまりにも色っぽくて、彼は己の上半身が裸体へ倒れそうになるのをグッとこらえねばならなかった。

「さわら、ないの……？」

「……触って欲しい？」

冷静さを取り繕《つくろ》って声を出しても、楓子は答えずに唇を引き結んでいる。嶺河は恋人の色香に当てられながら、温かいタオルでそっと左の乳房を覆った。

「ん……っ」

さらにタオルの上から手のひらで包み込むと、楓子の瞼が切なげに閉じられる。

嶺河は指に力を込めたい衝動に耐えつつ、乳房をタオル越しに軽く撫でれば、投げ出された彼女の両腕がかすかに跳ねた。

タオル越しに、手のひらを押し上げる突起の存在を感じ取る。

「勃ってきた」

「……言わないで……ばか」

吐息混じりの甘えた声が男の無遠慮をなじる。しかも懇願するかのように睨みつけてくるから、嶺河は己の心臓を眼差しで舐められる気分を味わった。再び彼の大きな体が前のめりになるが、すぐに元の姿勢に戻る。

楓子を追い詰めるために始めたことなのに、彼自身も少しずつ追い込まれて焦燥感を抱き始めていた。彼女をめちゃくちゃにしたいとの黒い衝動が身の内を炙る。

細く息を吐いて力《りき》みを抜いた彼は、己を誤魔化すように視線を逸らした。もう片方のさらけ出された乳房には、男を誘うように桃色の先端が硬くしこっている。彼は生唾を飲み込んでタオルで覆い、優しく撫でた。

「あ、ぁ……」

ほんの少し触れているだけなのに、つまんだり舐めたりもしていないのに、楓子は頭を仰け反らして熱い官能の吐息を漏らしている。その喘ぎだけで嶺河の煩悩が大きく揺さぶられ、一気に股間が窮屈になってしまった。素早くデニムに手を入れて怒張した男根を上向きにする。

——折れるかと思った。

アホなことを思い浮かべつつ、腹部へ手を移し臍《へそ》を中心に円を描きながら拭き清める。そしてショーツのウエスト部分を飾るレース生地を撫でた。

「これ、脱がしてもいいか?」

「……駄目」

先ほどから楓子は太腿をすり合わせている。おそらくショーツのクロッチには淫らな染みができているのだろう。大人になった彼女を初めて抱いたときも、濡れた下着を見られることを恥じていた。

「じゃあそのままで。脚を拭くから力を抜いて」

「……ヤダ」

太腿をピッタリとくっ付けて、恥ずかしい箇所を見せまいと無駄な努力をしている。

うっすらと笑う嶺河は、彼女の両膝をつかんで左右に広げようとした。

「まっ、待って！　……自分で、脱ぐから」

観念した様子で呟く楓子は涙目だ。……そんな顔をされると、もっと啼かせたくなる。

意識せず嶺河の唇がつり上がって淫靡な笑みが浮かぶ。膝立ちになって楓子の全身を見下ろした。

今まで座っていたため分かりにくかった、大きく盛り上がる男の股間が彼女の視野にさらされる。

男の興奮の証に頬を染める彼女は、うろたえながらもショーツの両脇を持ち、両膝を立ててそっと尻を浮かせた。

清楚なミントグリーンのレース生地から、ゆっくりと黒い茂みが現れる。その様子を視姦する眼差しの強さに耐えきれなくなったのか、彼女は横向きになって急いでショーツを下ろし脚から引き抜く。そして下着を丸めるとポイっと部屋の隅へ放り投げた。

宙に放物線を描く布の塊を見て嶺河が噴き出す。

「もうバレてるから」

何を、とは言わなかったのに通じるものがあったのか、楓子は横臥《おうが》したまま両手で顔を隠した。

生まれたままの姿を無防備にさらして。

「楓子、うつ伏せになって」

「……ん」

そろそろと細い肢体が半回転して白い背中と尻を嶺河に見せつける。彼は新しいホットタオルを作って優しく背中を拭き清めた。小ぶりの丸い尻はマッサージするように撫でる。

その際、後ろの窄《すぼ》まりを拭こうとしたら楓子が悲鳴を上げて手で隠そうとするため、仕方なく諦めた。

再び彼女を仰向けにする。

「体、冷えてないか？」

「全然……暑いぐらい」

空調は効いているため楓子の体温が上がっているのだろう。彼女の白い肌は、刷毛《はけ》で薄い食紅をひと塗りしたかのように淡く発色している。しかも熟しかけている体から、ほんのりと女の色香が立ち昇った。

その香りを肺いっぱいに吸い込んだ嶺河は、恋人の魅惑的な裸体を凝視したまま唐突に固まってしまう。

「仁……」

艶のある楓子の声でハッと我に返る。

彼女の体に吸い込まれる幻想を見たと彼は思った。……それでもいいと思ってしまうところが重症だ。

ちぎれそうな理性を意志の力で抑えながら、嶺河は彼女の右脚を軽く持ち上げて自分の脚の上に乗せ、全体を丁寧にやや執拗に拭き上げる。

だが脚を浮かすと自然に反対側の脚から離れて付け根が露わになる。濡れているとハッキリ分かるほど、下草が光を浴びて煌めいていた。

彼が脚の指の間を拭くたびに細い美脚が震える。そしてほころびかけた秘部がジワリと蜜を滲ませる。

その頃になると嶺河は、楓子の秘密の園を視姦しながら手を動かしていた。機械的に反対側の脚も同様に清める。

おかげで楓子の方も男の眼差しに射貫かれ、触られてもいないのに脚の付け根が熱いと感じていた。

全身を拭き終えた嶺河は我慢ならずといった表情で、彼女の膝裏をつかんで左右に大きく広げる。

「ぅあ……」

楓子は反射的に自分の頭の下にある枕をつかみ、強く瞼を閉じた。

もう何度も見られて触られて舐められているのに、やはりあられもなく開脚して恥部をゆだねる瞬間は恥ずかしいようだ。羞恥から肉の花弁がキュゥッと卑猥に締まっている。

ゴクリ。唾液を飲み込んだ嶺河が楓子の細い脚をM字に固定し、新しいホットタオルを蜜園へ押しつけた。

「んあ、ぁ……」

焦らされて煽られて、すでに楓子の性感は限界まで高まっている。おあずけのあまり、局部に繊維が触れただけで花弁がいやらしく蠢いた。

彼が手のひらにグッと力を込めると、細腰が跳ね上がってタオルが剥がれる。

白い布地と秘部の間に透明な糸が繋いでいた。嶺河がタオルを引くとその糸は煌めきながら伸びてプツリと途切れ、一本の細い筋が布地に描かれる。

それを見た嶺河が思わず人差し指を泥濘《ぬかるみ》に沈めた。

「ヒゥッ！」

絡みつく熱い媚肉をかき分けて根元まで埋めると、楓子の尻と太腿がブルブルと震えた。指の腹で彼女がグズグズに溶けやすい腹側のポイントを押し上げる。

嬌声を上げる楓子の薄い腹が波打ち、彼女は首を激しく振りながら震える声を漏らした。

「ダメェッ、やくそく……っ！」

嶺河はそのときようやく、体を拭くだけで終わらせると自ら告げた言葉を思い出し、勢いよく指を引き抜いた。

「ひゃんっ！」

「……そろそろメシができた頃だ」

「あ……」

肩で息をする楓子が、自分で行為を止めたくせに物欲しそうな瞳で嶺河を見上げる。あどけなさと妖艶さを併せ持つ上目遣いが男を射貫いた。

欲情を刺激されながらも、彼は必死に自制してわざとらしく首を傾げる。

「メシよりも、セックスの方がいい？」

「……それ、は」

まだ羞恥と体裁を捨てきれず、完全に欲望に身を任せられない楓子が迷う。嶺河は彼女を煽るようにゆっくりとワイシャツとデニム、下着を脱いで裸体を見せつけた。

腹部につきそうなほど雄々しく勃ち上がった陽根を見て、楓子が焦った表情になる。

「なっ、なんで脱ぐの……っ」

「いや、俺も暑くなってきたから」

余裕の表情で嶺河は平常通りふるまうが、実は精神的なゆとりなど底をつきかけており、早く陥落して欲しいと切実に願っていたりする。

「動けないようだから、運ぼうか」

嶺河は彼女の大きく広げたままの脚の間へにじり寄り、火照った肢体を正面から抱き起こす。ギュッと縋りついてくる彼女の尻側へ手を伸ばし、濡れそぼつあわいに指を差し挿れた。

「あぁっ！」

「すごい濡れてる……。これでパンツ穿けるのか？」

耳元で囁けば至近距離で涙目の楓子が睨んでくる。

「誰の、せいだと……っ」

「俺のせいだな」

しれっと言い切るが、嶺河もかなり限界が近かった。

そのような男の虚勢など分からない楓子は、悔しそうに唇を噛むと彼の逞しい首筋に頬を押しつけ、鬼畜、と切なげに呟く。

嶺河は恋人の体をきつく抱き締めてうっとりと微笑んだ。

「いいね……君に蔑《さげす》まれるとたまらない」

そう告げながら沈めた指で膣襞を緩慢に愛撫する。ビクビクと体を揺らす楓子を片腕一本で拘束し、真っ赤に染まった耳朶をしゃぶりながら囁きを注ぎ込む。

「おねだりしてみろよ……」

喘ぐ楓子のバラ色に染まった頬に何度も吸いつく。俺もそろそろヤバいんだが。と、やせ我慢をしながら指をねっとり動かした。

「ンァアッ！　アァ……ッ！」

身悶える楓子は巧みな指責めに耐え続けるが、やがて自身を苛む劣情にこらえきれず、涙を零して下腹部を震わせる。媚肉が男の指を情熱的に搦め捕る。

彼女はギュッと強く恋人に抱きつき、とうとう彼の耳元で懇願した。

お願い、抱いて、と。

切羽詰まった甘い淫らな声におねだりされて、嶺河の脳内で何かが切れた。性急に楓子を押し倒すと指で膣内の弱点を重点的に攻める。同時に膨らんだ蜜芯の皮を剥いて親指の腹で押し潰した。

「ンァァ――――ッ！」

浮遊感にも似た激情が楓子を襲い、一瞬にして彼女の意識が白い光に包まれた。快楽の波に飲み込まれて全身を痙攣させる。

その間に嶺河ははち切れそうなほど膨らんだ一物をつかみ、急いでゴムを被せると勢いよく彼女を貫いた。

「ァアァンッ！」

最初から激しく揺さぶられて楓子は嶺河に縋りつく。おあずけを食らっていた彼女の肉体は理性を灰と化し、奔放なまでに男を求める。

彼もまた耐えに耐えた劣情を解放すべく間断なく腰を叩きつけ、性欲という名の熱に浮かされて夢中で恋人を貪る。


結局、その日の夕食を食べたのは深夜に近い時刻となってしまった。

# 第六章

　カレンダーが十月を示すようになり、長く続いた暑さもようやく落ち着き、日中は秋らしい爽やかな風が吹くようになった。

　月曜日の午前十一時半過ぎ、楓子は「接待用の手土産を買いに行ってくれ」と上司に頼まれて席を立つ。ついでに休憩に入ってと黒部から言われたため、お弁当バッグを持って秘書課オフィスを出た。

　そのときちょうど社長室から竹中が出てきた。

「瀧元さん、お使い？」

　バッグを持っていたので外出に気づいたようだ。

「はい。そのまま昼休みに入ります」

「じゃあちょっと待って。私も出かけるから！」

　急いで竹中も自分の鞄を取ってくる。一緒にエレベーターに乗ると彼女は大きく息を吐いた。

「最近、涼しくって助かるわぁ。ちょっと前まで外出するとメイクがドロドロになったもん」

「今日はどちらへ？」

「銀行。お金を下ろしてこいだって」

竹中が見せてくれたのはメインバンクの個人キャッシュカードだった。社長名義のそれを見て楓子は複雑な表情になる。

秘書に金銭管理を任せる上司は多い。嶺河の銀行《バンク》カードも楓子が預かっているため、お使いのついでにポケットマネーを下ろしてくれと頼まれる。しかし人の財産を預かる行為にいまだ慣れないのだ。

ちなみに残高を見たときはその桁数に目玉が飛び出るかと思った。

できれば彼の個人資産については触れたくない。そんなことを考えつつ竹中の愚痴に相槌を打ち、共に一階のエントランスフロアに出た。

その途端、すれ違った女子社員たちが楓子たちを見て意味深長な顔になる。背後から、「あの人たちって秘書だよね」との囁きが聞こえてきたため、竹中がムッとした顔つきになった。

「ウザイわぁ、マジで」

やや大きめの声だったので楓子の背筋に冷や汗が垂れる。それでも振り返ることはせずに本社ビルを出た。

柔らかな秋の日差しを浴びて眩しそうにする竹中が、楓子へ心配そうな視線を向ける。

「あのね、例の噂は下火になってるから気にしない方がいいよ。濱路先輩とか、総務の人たちは否定してるし」

黒部との不倫の噂が流れて竹中は楓子をひどく案じていた。というのも以前、上司との不倫や仕事ができないなどの誹謗中傷を受けた秘書が、体調を崩して退職したのだという。

しかし噂の当事者である楓子はにっこりと微笑んだ。

「どうでもいいことなので、気にしてません」

心からそう思っていたので正直に答えれば、竹中は「強いわ」と頷いている。楓子は苦笑を浮かべながら口を開いた。

「でも、誰がこんなくだらない噂話を流したんでしょうね」

「秘書課から出たって言う人もいるけど……、そんなの絶対あり得ないわよ」

文句を言う竹中の言葉で、確かにあり得ないかもと楓子も思う。

秘書課員ならば、黒部が愛妻家かつ子煩悩であることを知っている。彼の奥様が妊娠中のときなど、仕事が終われば飲み会の誘いをすべて断って家へ走り、育児休業も取得した。

分担する家事は奥方より多いようで、楓子へもよく「今週の献立は何にするべきか」と相談されたりする。ついでに二歳半になる息子がいかに可愛いかとの話も聞く。

ゆえに秘書課スタッフが噂話をばら撒いたという憶測は否定できる。できるのだが、他部署の人間がこのような噂を考えるとも思えない。

うーん、と脳内で考え込む楓子の耳に竹中の不思議そうな声が入ってきた。

「でも不思議なのよね。嶺河室長との噂なら分かるけど、なーんで黒部さんなんだろ」

楓子の心臓が平常時より速い鼓動を刻んだ。彼女は己の胸にそっと手を当てて吐息を漏らす。

自分はイケメン御曹司の第二秘書として定着した唯一の女性秘書だ。そのためやっかみを込めた噂なら、「嶺河室長を誑《たぶら》かした女」とでも言われそうなのに、そういった話は聞いたことがない。

ハハハ、と楓子は引き攣った笑みを浮かべた。

「嶺河室長との噂は、ご遠慮したいですね……」

実際にお付き合いしているので、そんな噂が流れたら心不全になりそうだ。それか挙動不審で嶺河とのことがバレるかもしれない。

おまけに最近は上司のことを考えると据《す》わりが悪い気分になる。あまり彼について話したくない。

そう思ってしかめっ面を表すと、竹中が痛ましい表情になった。

「大丈夫？　嶺河室長にいじめられてない？」

いまだに秘書課の女性たちから人気がない上司は、楓子へパワハラをかましていると思われているらしい。

ベッドの上でならいじめられています、との言葉が脳裏に浮かんだが、もちろん飲み込んでおいた。

大丈夫です、との便利な日本語で楓子は誤魔化しておく。

「それならいいけど……そうだ！　明後日の夜に合コンがあるの。女子のメンバーが一人足りないから行かない？」

「すみません、その日は残業なんです」

「えー、残念！　どっかの接待かパーティー？」

「BECのセミナーです。その後に懇親会もあると聞いています」

BECとは、会社経営者および企業の経営陣のみが参加する異業種交流会で、今期は嶺河が担当となっている。しかし本人は行く気がないので欠席することが多い。今回は理由があって参加する予定だが。

「私も以前の担当役員に連れていってもらったことあるわ。BECっていいホテル使うんだよね。今はどこだっけ」

名古屋駅前にあるシティホテルの名を告げると、懇親会だけなら行きたい、と竹中は笑って銀行へ向かった。

楓子も頼まれたお使いを済ませ、会社近くの広い公園へ向かう。ここはサラリーマンたちの憩いの場となっているため、外での食事が気持ちいい季節になると、十二時過ぎはベンチの空きがほぼなくなる。

しかしまだ昼休みには早いこの時刻、席は選び放題である。木陰となっているベンチでお弁当を広げることにした。

——相変わらずすごいなぁ……

膝の上にある色とりどりのおかずに、楓子の表情が微妙なものとなる。なぜならこれは嶺河が作ったのだ。

外食を避けがちな自分は弁当派なのだが、朝が弱いため毎日というわけにはいかない。すると恋人の家へ呼ばれた翌朝は、彼が朝食を作るついでにお弁当も用意してくれるのだ。

といっても嶺河も多忙な身なので冷凍食品が多い。しかし冷食《れいしょく》と侮《あなど》るなかれ。これらは某食品セレクトショップで購入した高価な惣菜なので、ものすごく美味しいのだ。

――このお弁当一つで結構なお値段がするんだろうな。

いただきます。手を合わせてから豆腐とひじきの和風ハンバーグを味わう。実に美味しい。

ふふ、と微笑む楓子はスマートフォンを取り出し、嶺河へ感謝のメッセージを送った。するとすぐに返事がきて、彼も昼食にしていると記されてある。なんでも黒部と一緒に食べているそうで、今日の弁当は妻が作ってくれたとの惚気《のろけ》が鬱陶しい、とあった。

執務室で男二人が弁当を食べる光景を想像し、楓子は噴き出してしまう。

――いい人だな、黒部さん。

彼のためにも不愉快な噂は早く消えて欲しいと思う。自分は噂話など右の耳から左の耳へ抜けてしまうため、本当に気にならないが雑音は少ない方がいいに決まっている。まあ、本人もさほど気にしていない様子なので、自分も本音ではどうでもいいと思っているが。

そこで不意に彼女の手が止まった。

——楓子、『どうでもいい』は口癖にしちゃ駄目よ。とても投げやりな言葉で、周りをイヤな気分にさせちゃうからね。

もう記憶から薄れつつある母の言葉を唐突に思い出す。そして気がついた。母と共にあった時間より、母がいない時間の方が長くなろうとしていることを。

母親の死後、父と二人で支え合って生きていこうと思った己の願望は、父親自身によって拒絶された。ゆえにそれ以降、己の周囲は火が消えたように感じたものだ。

親という存在が子どもに与える影響は、計り知れないほど大きいのだと痛感する。

——つまり十五年近く〝独り〟ってことか。

そういえば嶺河に口説かれたときも、『君の孤独に寄り添いたい』とか言っていた。自分はそんなに悲壮感でも表していたのだろうか。

そこで箸を置いた楓子は己の頬を軽く撫でる。彼のことを考えると赤面する事態が増えているのだ。

大人になった嶺河と付き合うようになって、人を大事にするという意味を真に理解した。

仕事中の彼はさすがに甘い気配を出さないが、だからこそプライベートで自分を見る眼差しが違うと身に染みる。

——いつも私を見ている。

言葉にされなくても大切にされていると肌で感じた。彼はなんと、楓子がアレルゲンを体内に取り込んでしまった場合の対処法まで学んでくれたのだ。……同情で告白してきたと思っていたのに、自分の鈍感さをここでも思い知る。アラサーの恋愛経験がない女は痛い。

だがちょっと複雑でもあった。過去の自分がどれほど愛されてなかったか悟ってしまうから。あ あいう人は誰かの想いを受け止めるより、自分が好きになった相手へ押せ押せじゃないと恋愛にならないのだろう。……昔の自分が、おざなりの相手にしかなれなかったはずだ。

ゆえに蟠《わだかま》りを感じ、嶺河と同等の愛を返せないのかもしれない。彼を好きだと思い始めているのに、その気持ちが彼の〝好き〟に見合わない。

――まあ、あの人ってそれでも平気っぽいけど。別れなければ答えは出さなくていいよ、とか本気で言いそう。いやいや、それでもやっぱり好きな人から同じぐらい愛されたいって思うんじゃないの?

悩みすぎてそろそろ思考が散らかってきた。楓子はいったん考えることを放棄し、再び箸を取ってきんぴらごぼうを味わった。


翌々日の水曜日はBECのセミナーと懇親会がある。嶺河と楓子が午後四時過ぎに会場となるホテルに着くと、すでに席はだいぶ埋まっていた。今夜の出席者はかなり多いようだ。

背が高い嶺河は後方の端の席に腰を下ろすことが多い。今日は右端で、楓子は上司の左隣に座った。

本日のテーマはメンタルヘルス対策と労災リスク管理。および社員の精神疾患や過労死による補償賠償問題についてだ。それによって起きる生産性の低下や、労働力の損失を防ぐ健康配慮。さらに労災補償を取り巻く現状や課題についての解説だった。

登壇した講師の話を真剣に聞いてメモをしていた楓子だったが、ふと左後頭部に視線を感じ、何気なく尻目で左後ろを見遣る。

ギクリと身が竦んだ。少し離れた会議テーブルで、こちらを見つめる美しい女性は森高麗奈だった。

彼女の熱っぽい眼差しは自分ではなく、己の右隣にいる嶺河へ注がれている。上司をそっと観察すれば、彼は講師の話に聞き入っている様子だ。楓子は何も言わずに意識をスクリーンへ戻した。

――どうしてここにいるんだろう。

BECはある程度の役職に就く者でないと参加できない。とはいえ同伴者は一名なら認められているため、自分のように誰かに連れてきてもらったのかもしれない。そういえば彼女の隣に座っている中年男性は、確か島谷《しまたに》観光の代表取締役だ。

でも、これは偶然だろうか。

やがて九十分のセミナーが終了し、楓子は森高がいることを上司へ伝えたのだが、「知っている。無視しておけ」と表情を変えることなく答えられて驚いた。いつ気がついたのだろう。

「それより懇親会では飲みすぎるなよ。俺としては構わないが」

悪戯っぽく笑う彼の瞳が妖しく煌めいたので、楓子は目元をほんのりと赤くしてうつむいた。

以前、取引先との接待で嶺河と共に食事に臨んだのだが、相手の役員がとにかく酒を飲む人で、上司だけでなく楓子も飲まされた。

嶺河はどれだけ飲んでもまったく問題ないが、楓子は取引先を見送った後、立っていられなくなってしまった。おかげでそのまま上司の自宅へ運ばれ、シャワーを浴びることも着替えることも、彼が嬉々として世話を焼きまくるから猛烈に恥ずかしかった。

「……今日はウーロン茶にします」

悔しげにつぶやいたとき、背後から甘ったるい声をかけられた。

「お久しぶりね、仁さん。会いたかったわ」

振り返らずとも誰だか分かるその声に、楓子は心の中でウヘェと声を漏らしながら背後へ視線を向ける。

同じように後ろを見遣る嶺河の顔には営業スマイルが浮かんでいた。

「お久しぶりです。島谷社長と仲がよろしいのですね。よかったです」

楓子はその言葉で、セミナーで彼女の隣に座っていた小太りの男性を思い出す。やはりあの人が森高をここへ連れてきたのだろう。

「いやだわ、仁さん。島谷社長とは最近お知り合いになっただけの方なの。妬《や》かないで」

嬉しそうに話す様子に、嶺河の顔から業務用の笑みが剥がれ落ちる。代わりに遠慮なくげんなりとした表情を見せた。

「仕事がありますので失礼します」

部下へ視線を向けて、「行くぞ」と短く告げる。頷いた楓子も嶺河に従って懇親会《バンケットルーム》の会場へ移動した。

「待って仁さん。エスコートしてくださらないの？」

森高の粘ついた声があとを付いてくる。……楓子は背中に感じる気配に背筋がゾッと震えた。

エスコートだなんて何を考えているのか。以前の出版記念パーティーのような華やかなシーンならともかく、今日は異業種交流会で参加者の全員がスーツだ。森高の考えが薄気味悪く思える。

しかも彼女は懇親会の会場へ入り、ＢＥＣの役員が挨拶をしている間も嶺河のそばに寄り添い、どれほど無視されても彼へ話しかけている。

最初は辟易していた嶺河だったが、あまりの執拗さと無神経さに眉を顰めていた。楓子も、ちょっとおかしいのではないかと不気味に思う。

なので乾杯して立食パーティーが始まると、嶺河は楓子を促して目的の人物を探した。

視野が高い位置にある彼はすぐ見つけたようだ。

「いたぞ」

歓談する人々の合間を縫って足早にそちらへ向かう。楓子も上司を追うと、彼の進む先にひときわ背の高い男性がいた。

あれはおそらく上司より高い、と思いながら近づく。嶺河に「寺内《てらうち》専務」と呼ばれた彼が振り向いた。

テミング株式会社の専務取締役を見た楓子は、仰け反ってしまいそうな気持ちを慌てて飲み込み、必死にポーカーフェイスを顔に貼りつけた。

――すっごいイケメン！　嶺河室長とはまた違った美形だ……！

見事に整った容貌の持ち主である。形のよい高めの鼻梁に薄い唇、意志の強そうな眉が完璧なバランスで顔面に配置されていた。人間の顔は左右均等ではないと言われるが、この男性には通じない話らしい。

おまけに若い。資料には嶺河より一歳年上で、創業者の一人息子と記されてあった。

名刺交換をした上司と寺内は似たような境遇にシンパシーを感じたのか、さっそく談笑している。

二人とも本当に顔がいいため、こうして並ぶとここだけ異空間のようだ。

自分たちについてきた森高も、仕事の話だと分かりきった場へ割り込んでいくほど非常識ではないのか、少し離れたところに立って苛立ちを露にしている。

上司に付き従わなくても大丈夫そうなので、楓子はその場から数歩下がった。

事前情報によるとテミング株式会社は、半導体およびＦＰＤ《フラットパネルディスプレイ》の製造関連装置、産業ロボット等の開発、製造、販売を主力としている企業だ。

そしてＭＣⅡは五月に中国地方の岡山通建と経営統合しており、ここは半導体製造装置の設置、および保守の部門がある。

精密装置は繊細だ。特に半導体関連装置は売ったら終わりでなく、エンジニアも共に納入先へ向かわねばならない。機械の設置に定期メンテナンス、トラブル対応などを担《にな》うのだ。

これを担当する技術者をＦＥ《フィールドエンジニア》と呼び、岡山通建は優秀なＦＥを多数抱えている。そこで嶺河は、うちを使いませんかと営業しに来たのだ。

楓子は上司を見守りながら、ふと自分と同じように寺内から離れて彼を見守っている女性に気づいた。地味なスーツを着ているが美人である。そしてとても背が高く、楓子の百五十八センチ、プラス五センチヒールの身長でも見上げてしまうほど。

たぶん秘書だろうなとまじまじ観察していたら、相手の方が楓子の視線に気がついて微笑んだ。

そしてこちらに近寄ってくる。

「初めまして。寺内の秘書で都築《つづき》と申します」

慌てて楓子も名刺を出して挨拶をした。互いの上司を視界の端に収めながら話をする。

都築は笑顔が優しい癒し系の女性だと思った。こんな秘書に「お仕事、頑張ってくださいね」なーんて言われたら上司は馬車馬のように働くだろう。そんな埒もないことを思わせる愛嬌があった。

――しかし綺麗な人だなぁ。イケメン上司と美人秘書の組み合わせって現実《リアル》で本当にあるんだ。

でもお二人って性は違うけど、左薬指の指輪はお揃いよね……？

結婚指輪は細めのプラチナリングという思い込みがある楓子にとって、ピンクゴールドでやや幅広の指輪はとても興味深かった。そして珍しいデザインが彫り込まれているため、思わず視線を向けてしまうほど目立つ。

ゆえに二人の指輪が同じではないかと思ったのだ。……おそらくそれが目的なのだろう。

つまり、これは。

「……所有印」

ポロリと漏らしてしまった楓子に「え？」と都築が反応する。

「いえ、なんでもありません」

ご結婚されてるんですか、との直球はさすがに投げられないが、察するものがあった。なんとなく自分の両親と同じ匂いというか、同じ印象を受けるのは気のせいだろうか……

そのうち都築が別の人間に呼ばれたため、彼女は話を切り上げて去っていく。上司たちの会話はまだ終わらない様子だ。

先に何かいただこうかな。空腹を感じた楓子は壁側に並べられている料理のテーブルへふらふらと近づく。すると目の前に人が立ち塞がった。

森高麗奈である。美しい顔を歪ませてこちらを睨みつけていた。

「仁さんにまとわりつかないで」

まとわりついてるのって、あなたじゃないですか。と言いたいのを楓子はグッとこらえた。

「森高さん、お気持ちは分かりますが時と場所を弁《わきま》えましょう。ここは交流の場であり――」

「仁さんにまとわりつかないで」

……こちらの意見を聞く耳は持たないらしい。楓子はわざとらしく溜め息を吐いた。

「あのですね、揉め事を起こせば森高さんを連れてきた社長さんにも、ご迷惑がかかってしまうんですよ」

「構わないわ。あの人はここに来るために、一回寝ただけの人だもの」

楓子は言われた言葉の意味を理解できずに呆けてしまった。

「一回、寝た……？」

「そうよ。同伴してもらうために寝たの。もう私とは関係ないわ。それより仁さんにまとわりつかないで。不細工のくせに目障りよ」

吐き出された言葉のおぞましさを理解した楓子は、足元から寒気が立ち昇る気分だった。

――この人、ヤバいかもしれない。

咄嗟に視界の端にいる上司を確認すれば、寺内と笑顔で話し込んでいる。

「森高さん、ちょっと外に出ましょう。話を聞きますから」

そう言い置いてすぐさま出入口へ向かうと、背後から付いてくる気配がしたのでホッとした。こんな地元企業の重役が揃う場でトラブルを起こすわけにはいかない。嶺河の評判が傷つく。

廊下に点在するソファへ森高を導くと、彼女は優雅に腰を下ろして美脚を組んだ。その姿は女王のようで、確かにこの美しい女性が男に身を投げ出したら、その相手は願いを叶えようと必死に努力するだろう。

それを十分に分かっている彼女は自信に溢れている。だから楓子を遠慮なく見下してきた。

「仁さんはね、東京にいる間、私と付き合っていたのよ。そろそろ返してちょうだい。可哀相だけどあなたは遊ばれているだけなの。大体あんな美しい男が貴方のような不細工を好きになると思う？　いいかげん目を覚ました方がいいわ」

ふーん、と森高の台詞を楓子は聞き流した。まったく心に響かない。

なぜなら楓子にも自信があるのだ。嶺河に心から愛されていると。

まだ付き合い始めて短いが、この気持ちは決して自惚《うぬぼ》れではないと、そう思うだけの思い出が自分たちの間には積み重なっている。

素肌で触れ合うときの想いは嘘をつけないから。

ゆえに森高の揺さぶりなど痛くもかゆくもない。嶺河は彼女と付き合ったことはないと言っていたが、別に二人の間に過去があっても構わない。

あれほど極上の男が、あの歳まで女性との関わりがなかったなんてありえない。実際に自分と交際した期間だってあるのだ。

しかしそれらはすべて過去のことで、現在ではない。

今、彼に愛されているのは自分だ。森高は過去の遺物であって今を脅《おびや》かす存在にもならない。

そして侮辱しに来た相手へ丁寧に対応する理由もなかった。楓子は遠慮なく憐れみの視線を森高へ向ける。

「仁が可哀相だわ。いくら美人だからって自分よりもずっと年上のおばさんに付きまとわれるなんて」

「なんですって！」

瞬時に森高の目が吊り上がり、般若のごとく恐ろしい顔つきになった。

これは彼女にとって言われたくない言葉だったはず。どれほど自分磨きをしたとしても、歳の差だけは覆《くつがえ》すことができないから。

女性が年上なんてカップルはこの世に山のようにいるが、嶺河がそれを好む男だとは思えない。

「なんて無礼で生意気な女なの！　こんな礼儀も知らない小娘に仁さんが振り回されているなんて、彼が哀れだわ！」

……どちらかといえば振り回されているのは私の方です。との言葉は飲み込んで楓子は反撃する。

「本当のことを言ったまでですよ。あと十年ほどしたら彼は脂が乗ってさらにいい男になるだろうけど、あなたはアラフィフで初老に突入。ご愁傷様」

五十代でも尊敬できる素敵な女性はごまんといる。が、どう考えても彼女はその中に含まれないので容赦はしなかった。

怒りで森高の顔面に力が入ったのか、皺が増えて美人が台なしになっている。……なんだか激高すると年齢以上の顔に見えるので止めた方がいい。

もちろんそこまで怒らせているのは自分だが、己はこのように謂《いわ》れなく見下される人間ではないのだ。

――少なくとも一人は私のことを心から案じてくれる。

その〝一人〟を思い浮かべると心が熱くなる。もうそろそろ上司たちの話が終わるかもしれない。できれば森高と対峙しているところは見られたくないので、お引き取りくださると嬉しいのだが。

そんなことを考えながら彼女を見つめていると、般若のごとく怒りを露にしていた森高は急に立ち上がった。座る楓子を憤怒《ふんぬ》を込めて見下す。

「死ねばいいのに」

去り際の捨て台詞に楓子もギョッとした。足早に去っていく小さな背中を見つめて呆けてしまう。

――さすがにそれは言っちゃいかんと思うのですが。

ドキドキといつもより速く感じる動悸を精神力で鎮めていたら、宴会場から嶺河が出てきた。焦りの表情を見せる彼は周囲を見回し、楓子へ視線を止めると小走りにやって来る。

「大丈夫か⁉」

「え、何がですか……？」

「あの女と一緒に会場を出ただろ！」

「あー、気づかれていましたか」

感心すると同時に、今度は違う意味で心臓がドキドキする。正確にはときめいた。こんなふうに飛んできてくれるとは思いもしなかったから。

「気にしないでください。それよりお話はうまくいきましたか？」

嶺河を安心させようと微笑めば、彼はようやく平常に戻ったのか頷いて楓子の隣に腰を下ろした。

「感触は良かった」

「うまくいくといいですね」

「ああ……。それよりあの女から何を言われたんだ」

「んー、たいしたことではありませんよ」

嶺河と別れろということなのだが、最初から最後まで意外なほど自分は動揺しなかった。

彼女の言うことなど何一つ心を揺さぶらなかった。

それだけ自分は――

そこで楓子はそっと両手で己の頬を挟み顔を伏せる。じわじわと顔面が紅潮しているのを感じた。

「どうした？」

「……いえ。自分が、どれほど傲慢かを思い知りまして……」

「えっ」

なんでもありません、と小さな声で呟くものだから、上司の心配そうな視線が頭に降り注ぐ。それでも楓子は顔を上げられなかった。

嶺河を信じていたとはいえ、彼に心から愛されているとか、森高は今を脅かす存在にもならないとか、どれだけ自信満々なのか。同じだけの愛を彼へ返してないくせに。

あまりの図々しさに顔が熱い。本人を目の前にしたら、居たたまれなさと申し訳なさで穴を掘って入りたいぐらいだ。まだ森高の方が好意の強さは勝っていただろうに。

――だとしても渡したくなんかない。ずっとそばにいて欲しいのに。

不意に胸の奥底からこみ上げる熱い感情があった。脳裏に彼と付き合ってからの様々な出来事が駆け巡る。何かを考える前に上司の袖口をつかんで彼を見上げた。

「ん？」

嶺河がやや驚いた表情になっている。仕事とプライベートの切り替えをキッチリする楓子にしては、このような人目のある場で甘えてくることは珍しい。だがすぐに目を細めた。

「用事は済んだ。もう帰るか」

「でも、懇親会はまだ……」

「今日はもういい。それより腹が減った。会場で食べると誰かに捕まって長くなるから、姉貴のところに食べに行くか、一緒にメシを作ろう」

楓子を慮って必ず〝一緒に作る〟ことを選択肢に入れてくれる配慮が嬉しかった。彼も疲れているだろうに、恋人に自炊を押しつけたりしない優しさが愛しい。

食物アレルギーがあるせいで、人との食事において悲しい思い出がいくつもあった。善意で出された料理が食べられないとか、アレルゲンが入ってないはずの料理で蕁麻疹が出て場が混乱したとか、楓子自身も実に面倒くさい体質だと嫌気がさす。

だが彼は決してそのようなそぶりなど見せなかった。アレルギーなど当たり前のことなのだと、人間が息を吸うのと同じぐらい自然なことなのだと、楓子の個性の一つとしてあっさり受け入れてくれた。

その無理のない心遣いが、どれほど己の胸に染みたか――

嶺河が楓子の手を握って立ち上がらせる。しかし人目を気にする彼女のために温かな手のひらが離れていった。

――離さないで。

喉元まで出てきた言葉を彼女は必死に飲み込む。無言で上司の後に続き、己の心臓辺りを押さえた。

この感情を知っている。

もう十三年も前に抱いた気持ちと同じで、たった一人のことしか考えられない病気のようなもの。己の思考や意識がすべて吸い取られるような不可解な感覚。ときは喜びを、ときには痛みをもたらす、恋の病《やまい》。

この感情を覚えている。

――好き。

泣きたいような叫びたいような情動がくすぐったい。

ようやく己の気持ちに名前が付けられたと、彼女は男の広い背中を見つめたまま唇を引き結び頬を染めた。

翌日の木曜日、楓子は上司より先に彼の部屋を出て会社を目指す。昨夜は当然のように嶺河の部屋へ泊まる流れになったので、正直なところ眠い。

そして彼はいつも一緒に家を出たいというため、恋人を宥めるのが大変で朝から疲労を感じてさらに眠い。役員がこんな早くから出社したら秘書課全体が困るだろうに。

出社した楓子はスタッフに挨拶をして給湯室へ向かう。電気湯沸かし器に給水して電源を入れ、コーヒーサーバーとエスプレッソマシンもすぐ使えるよう準備する。コーヒーは役員によって普通のドリップコーヒーが好きな方がいれば、エスプレッソコーヒーを好む方もいる。

黙々とルーティンをこなす楓子だったが、自分の顔面を熱いと感じて頬を手のひらで撫でた。

――うう、なんかメッチャ恥ずかしい……

嶺河を好きだと自覚してからというもの、胸が常にドキドキして落ち着かない。どうも顔が熱く目が潤んでいるようで、彼にも風邪を引いたのかと心配されてしまった。中高生並みに恥じらうアラサーは不気味で身の置きどころがない。

――あー、でも、こんな気持ちって久しぶりだわ。

十三年前も同じ気持ちで嶺河を見ていた。ただ、その頃の彼は素っ気なくて、自分はぞんざいに扱われていると悟ってしまうほど、適当なカノジョでしかなかった。

ゆえに彼への気持ちを自覚するたびに昔との差異を感じて、ささやかな意趣返しとして昨夜は好きだとは言わなかった。

――って、どこのガキよ。それは。

なに子どもっぽいことをしてるんだか、と自分で自分にツッコミを入れてしまう。それ以前に嶺河にはすでにバレているかもしれない。昨夜の自分は挙動不審すぎた。

しかも昨日は平日の夜だというのに、ベッドへ連れ込まれたため寝坊する始末。

朝、上司でもある恋人に起こされ、朝食が整えられたテーブルに座らされるのは女子としてアカンのではないか。そして出かける前にはお弁当を渡される……

うぅ～～～ん、と眉根を寄せて呻っていたら、背後から「おはよう……」と弱々しい声をかけられた。振り向いた楓子は秘書仲間の椚田を見てギョッとする。

「おはようございます。体調が悪いんですか？　ひどい顔色ですよ」

「そうかな……？」

自覚がないのか可愛らしく首を傾ける椚田であるが、めちゃくちゃ顔色が悪い。目の下にはファンデーションで隠しきれないクマがある。

何か悩みでも抱えているのだろうか。しかし椚田は安易に声をかけることさえ迷うほど暗い雰囲気だ。楓子はドリップし終わったコーヒーへ視線を逸らす。

すると椚田が少し明るい声を出した。

「ねえ、これ試食してくれないかな」

鞄から取り出したものは手のひらサイズの和菓子だった。透明な四角いカップを伏せたような蓋から、白くて丸いお饅頭が見える。じょうよう饅頭のようだ。

「私が作ったの」と椚田に言われて楓子は感嘆の声を上げた。

「すごい。お菓子作りが好きなんですか？」

「ううん、彼氏が作って欲しいって……でも味に自信がないから感想が欲しいの」

アレルギー成分は入っていないから、とも言われて楓子は笑顔で頷く。和菓子は洋菓子と違って卵と乳製品を使わないものが多く、好んで購入することが多い。嶺河も出張帰りに地元の銘菓を買ってきてくれる。

「ありがとうございます。いただきます」

うん、と頷いた椚田は小さく微笑んだ。そして溜め息をつくと給湯室を出ていく。

どうもかなり悩んでいる様子だ。恋の悩みかと考えてしまうのは、今の自分が脳内お花畑状態であるからだろう。しかし彼氏のためにお菓子作りをするぐらいだから、色恋沙汰とは違う気もする。

大丈夫だろうか。

楓子はいただいた和菓子の蓋を開けようとしたが、不意に今朝は嶺河が早く出社するのではと思い至る。

彼は恋人が部屋に泊まると、翌朝はとにかくベタベタしてくる。そして楓子と一緒に出社したいと駄々をこねる。さらに部屋で一人で残されることが寂しいのか、いつもより早く家を出てしまうのだ。

猫がいるからいいじゃないと思う反面、求められて嬉しいと照れてしまうので、やはり頭の中に花が咲いている。

楓子は和菓子を棚の隅に置いて自分の名を書いた付箋をつけ、すぐに執務室へ掃除に向かった。

§

今日一日のスケジュールを確認した嶺河は、ポーカーフェイスの第二秘書が自席へ戻ってしまうと思案顔になった。黒部が業務報告をするのを真面目な顔で聞き流しつつ、脳内では恋人のことを考えていたりする。

夕べの懇親会後、楓子はやけに落ち着かなかった。というか妙に色っぽくて可愛いからそれはそれで構わないのだが、あのネズミ捕りモチの女に何を吹き込まれたのか気になった。

こういうことは先延ばしにするより、いま解決した方がいい。あの女の話題を口にするのも不快だが、嶺河は彼女から強引に聞き出すことにした。

ベッドで。

『やだぁ……っ、そこッ、突かないでぇっ！』

『それで、何を言われたんだ。言ってみろ』

『そんな、こと……、あ！　あぁんっ！　待ってえぇ……ッ』

『待てない。ホラ言えよ。楓子』

『んあぁっ！　やぁ……っ、いう、からぁ……っ、あ！　ああ！』

……意志の強い彼女の口を割る過程は実に楽しかった。というかメチャクチャ良かった。性感に屈服した楓子の表情は艶めかしくて、翌日も仕事だと分かっているのに延々と貪ってしまった。最後の方では彼女がボロボロ泣きながら縋りついてくるため、もう明日は会社を休むべきじゃないかと考えてしまった。アホか。

自然と嶺河の唇の端が吊り上がり、好色な笑みが口元を彩る。すると黒部がうんざりした表情で上司を睨みつけた。

「室長、今エロいことを考えてるでしょう」

「よく分かったな」

「そこは否定してください！　ああもうっ！　イケメンがエロい顔してると、こっちまで変な気分になっちゃうじゃないですか！」

「おまえ、まさか男もイケるのか？」

貞操の危機を感じた嶺河が身を引いたため、背もたれが大きく背後へ倒れる。

「違いますよ！　妻の声が聞きたくなるんです！　ちょっと電話してきてもいいですか！」

「……いいぞ」

「えっ、いいんですか⁉」

パッと表情を明るくした黒部が、遠慮なく自分のスマートフォンを持ってウキウキと執務室を出ていった。

嶺河はちょっとどころではなくかなり呆れてしまったが、自分も恋人について考えていたので人のことは言えない。

部下のおかげでピンク色の思考が霧散したため、今朝から疑問に思っていたことを考えることにした。

楓子の話によると、森高はBECに参加するため会員を色仕掛けで利用したという。つまり彼女は、嶺河がセミナーに参加することを事前に知って手段を講《こう》じたというわけだ。

——情報が洩れている。一体どこからだ。

現在、役員のスケジュールは秘書課へ公開されていない。以前は共有されていたのだが、嶺河が閲覧権限を自分の秘書のみと限定した。例外として秘書課長と管理部門長はすべての役員の予定にアクセスできるが、そのぶん彼らは徹底的に調査されており、シロだった。

楓子も森高に接触する理由がないのでシロ。

もっとも疑うべきは黒部だが、彼が漏洩するならもっと価値のある情報を選ぶはず。そして彼もまた上司のスケジュールを森高に渡す理由がない。女性は細君以外、すべてカボチャと考えているアホだ。除外。

——やはり他の第二秘書か。

楓子は女性秘書たちと仲がいい。そして秘書同士だと何気なくお喋りをしているときに、仕事について話すことはよくあるという。黒部も、それを完全に防ぐことは人間にはできないと言っていた。秘書の愚痴は秘書にしか話せないから。

とはいっても仕事上の実害は今のところ出ていない。だからといって放置できないのが悩ましいところだ。仕事以外のことで煩わされたくないのに。

重い溜め息を吐いた嶺河は社用のスマートフォンを取り出し、『いいかげん戻ってこい』と黒部へメッセージを送ったのだった。

§

秘書課のスタッフが昼食を取る時間は流動的である。上司が出張等で不在のときは十二時に休憩となるが、担当役員のスケジュールに合わせるため決まりはない。たいてい上司が休憩に入ったときに第一秘書も休むため、その前後に第二秘書が昼休憩を取ることが多い。

嶺河は午前十一時より、岡山通建のフィールドエンジニアリング事業担当の出向役員と、ウェブ会議を続けている。だが昼近くになっても終わりそうな気配がない。

楓子は黒部から、「先に休憩に入って」と言われ、ありがたくミーティングルームへ向かうことにした。給湯室からお茶といただいた和菓子を持ち、ミーティングルームの明るい窓側のテーブルを選んでお弁当を広げる。

いただきます、と手を合わせたとき、ちょうど竹中が部屋に入ってきた。

「あ、瀧元さんも休憩?」

「はい。一緒に食べませんか」

竹中も最近は弁当を持ってきている。主な理由は節約とのこと。

彼女は意外なことにゲーマーで、アイテムに課金するためボーナスも突っ込んでいるという。なので彼女との会話はゲームに関することが多い。楓子にはさっぱり意味が分からないが、聞いているだけで面白いので彼女との会話は好きだったりする。

竹中は自分の弁当を食べながら楓子の手元を見て溜め息をついた。

「瀧元さんのお弁当って彩りがよくて栄養バランスもよさそうだよね……見習わないと」

楓子は後ろめたさで顔面が引き攣りそうになるのを耐え、何も言わず曖昧に笑っておく。女子としてのプライドがしくしくと痛んだ。

「あの、少し食べませんか?」

お弁当を差し出すと竹中は喜んで鶏の照り焼きに箸を伸ばす。美味しい、と喜んでいるのを見るとなぜかよけいに胸が痛んだ……

食後は共にエスプレッソコーヒーを淹れて、楓子は和菓子の蓋を開ける。

「これ、椚田さんからいただいたんです。半分こして食べませんか」

「食べる食べる」

パカリと饅頭を半分に割って竹中に渡す。じょうよう饅頭にしては不思議な風味がするものの、とても美味しい。

コーヒーと共に味わっていたら、竹中が饅頭を食べながら首をひねっている。

「どうかしましたか？」

「んー。これ、なんか食べたことある味に似てる気がして」

「じょうよう饅頭って、食べる機会も多いからじゃないですか？」

楓子も父親の葬儀でじょうよう饅頭をかなりいただいた。地元では通夜に参列する際、遺族へお菓子を渡す〝お淋《さび》し見舞い〟という風習があるのだ。

「うーん、そうかなぁ。なんか違うような……」

竹中は宙を見上げながら納得しがたい顔つきになっている。楓子はお菓子の容器をゴミ箱へ捨てて椅子に座り直すが、なんとなく胸がムカムカするようで胸部に手を当てた。

「……なんか、気持ち悪いかも」

「大丈夫？　胃薬でも飲む？」

「いえ、そこまでたいしたことじゃないと思います」

食べ合わせが悪かったかな、と思いながら残ったコーヒーを飲み干す。しかし気持ち悪さはなかなか収まらず、それどころかどんどん酷くなっていく。

「……すみません、ちょっと、トイレに」

「ホントに大丈夫？　なんか顔色悪いよ」

席を立つ楓子へ竹中がついてきた。そこまでしなくても大丈夫と言いたかったが、口を開くと胃の中のものを出してしまいそうで、役員フロアの奥にある化粧室へ急ぐ。

トイレに入ったとき、楓子の顔は青ざめて脂汗が浮いていた。

――これ、なんかおかしい……

胃の中のものを吐いても動悸が収まらない。しかも咳《せき》が出て止まらなくなり、咳き込みながら胃の内容物を吐くため呼吸が苦しい。

やがて楓子の喉から、ヒュー、ヒュー、と喘息《ぜんそく》のような症状が出てきた。

――苦しい……、どうして……

トイレの個室の外から、「お水持ってくるから！　このまま鍵はかけないで！」と竹中が甲高い声を上げて走り去る靴音が聞こえた。

とりあえず楓子は胃の中を空にして個室からヨロヨロと出る。水とタオルを持って戻ってきた竹中が、楓子の顔を見て小さな悲鳴を上げた。

「瀧元さん！　顔が……！」

咳が止まらない楓子は声を出すことができず、オロオロする竹中からタオルだけを受け取って口を押さえた。よろめきながら手洗い場へ行き鏡を見て目を瞠《みは》る。

顔と言わず首にも蕁麻疹が広がっていた。しかも所々腫れ上がり、唇と爪が青白くなってチアノーゼまで出ていた。

――アナフィラキシーだ。でもアレルギー物質は何も食べてないのに……

この状況はまずい、はやく処置しないと命に関わる。

それなのに咳が止まらず、涙目の竹中へ、バッグを持ってきてと言いたいのに声が出せない。

「瀧元さんしっかりして！　どっ、どうしよう……っ」

楓子の四肢へどんどん蕁麻疹が広がっていく。楓子は咳き込みながら両手でタオルを押さえ、床に座り込んで動けなくなった。

§

なかなか終わらない岡山通建とのウェブ会議に嶺河が苛立っていると、ドアの外の廊下がバタバタと騒がしくなった。

この役員フロアで騒ぐ馬鹿はさすがに誰もいない。そのため何か起きたのだと不審を感じ、黒部へ目くばせする。彼は頷いて音もなく執務室から出ていった。

それからすぐに戻ってきた部下の顔色は青ざめており、ダッシュで上司の執務机に駆け寄ると卓上メモに殴り書きをした。

『たきもとさんがたおれました』

嶺河はその文字を理解したと同時にパソコンへ、「緊急事態が起きましたので失礼させていただきます」と言い放って席を立った。背後から『えっ！』との音声が聞こえたが黒部がうまく片づけるはず。

廊下をでると奥のトイレ前で秘書たちが集まっていた。嶺河が猛然と走り出す。

「――何があった！」

大音声を上げるとその場にいた全員がすくみ上がった。開きっぱなしになっている女子トイレの扉から、蹲《うずくま》る楓子の背中が見える。

ためらうことなく中に入り激しく咳き込む彼女を抱き起した途端、蕁麻疹が浮き出た蒼白の顔を見て息を呑む。が、取り乱すことなく周囲でうろたえている秘書たちへ叫んだ。

「瀧元の鞄を持ってこい！　早く！」

そばで涙を零している竹中がすぐさま秘書課オフィスへ走った。嶺河も待っているだけでは手遅れになると感じ、楓子を抱き上げて廊下へ出る。

オフィスへ向かう途中で楓子のバッグを手にした竹中がすっ飛んできた。彼は廊下に楓子を下ろし、無言でバッグの中から黄色い蓋が付いた長細い透明ケースを取り出す。アナフィラキシーの補助治療を目的とした、アドレナリン自己注射薬だ。

中から太ペンに似たそれを取り出して安全キャップを外し、楓子の右太ももの前外側へスカートの上から先端を強く押しつける。カチッ！　と音が鳴って注射針が飛び出した。

そのまま数秒ほど先端を押しつけ、そっと引き抜く。すると一分ほどで楓子の喘鳴《ぜんめい》が治まってきた。か細い止まりそうな息から大きな呼吸へと変わる。虚ろな瞳に生気が戻って眼球が動いた。

「楓子！　大丈夫か、しっかりしろ！」

虚空を見つめていた眼差しがゆっくり嶺河へ向けられる。まだ小さな咳が出て声が出せないのか、頷いていた。

「救急車を呼んだ方がいいか？」

楓子が弱々しく首を左右に振る。

「……じぶん、で……」

声が出たため、嶺河も周囲にいる秘書たちも大きく安堵の息を吐いた。しかし自己注射薬を使用した場合は、直ちに医療機関を受診しなくてはならない。

もっとも近くにいた涙目の竹中へ、「病院へ連れていく」と告げて楓子を抱き上げようとした。

そのとき。

「――黒部さん！　その女を捕まえて！」

竹中がエントランスホールへ向かって指を突き出しながら大声を上げた。この場にいる楓子以外の者が視線を向けると、栩田がガラスドアを出ようとするところだった。

彼女はギョッとした表情で慌ててエレベーターへ走るが、あいにく箱は一階に降りている。

栩田から最も近い位置にいた黒部が悠々と彼女の両腕を捕らえた。

「ちょっとやめてよ！　なんでこんなことするのよ！」

激しく暴れている栩田を捕らえる黒部も、なぜ捕まえないといけないのか分からず当惑顔だ。

嶺河は竹中の顔を見つめた。

「どういうことだ」

「瀧元さんのこれってアレルギーですよね。私、彼女とお昼を食べたときにお饅頭を半分もらったんですけど、それっていま思えば蕎麦の風味がしました」

「蕎麦だと……！」

楓子にとって少量でも命に関わるアレルゲンだ。

「はい。瀧元さんはそれを食べた直後にこんなことになって……そのお饅頭は栩田さんからもらったって聞きました」

この場にいる秘書たちの視線が栩田へ集中する。無言の非難を浴びた彼女はギクリと身を竦めた。

「……黒部、その女を連れてこい」

ドスの利いた低い嶺河の声に部下はすぐさま従った。引きずるように嶺河のもとに連行された栩田は、本気で怒る男の睨みを受け止めて蒼ざめている。

「おまえが彼女にアレルギー食品を食わせたのか?」

地を這うような怒りの声に栩田だけでなく周囲の秘書たちも震え上がった。が、栩田はぶんぶんと首を左右に振る。

「なんで私が……関係ありません……」

そう言った途端に竹中が立ち上がって吠え出した。

「嘘言ってんじゃないわよ! 瀧元さんが食べた和菓子はあんたからもらったって聞いたんだからね!」

「しっ、知らないわよ! 私あげてないもの!」

「この馬鹿女! 刑事ドラマも見たことないの⁉ 警察が和菓子の容器を調べれば、あんたの指紋が出て一発でバレるわよっ!」

竹中の言葉で呆気にとられた栩田が硬直し、やがて瞳にみるみる涙が盛り上がり零れ落ちる。ブルブルと全身を震わせてその場に膝をついた。

嶺河は舌打ちをすると楓子を抱き上げる。

「その女を会議室に閉じ込めておけ。俺が戻るまで絶対に逃がすなよ」

エレベーターへ向かうと黒部が男性秘書へ栩田を渡し、楓子の荷物を持って執務室へ走る。上司の鞄を取ってきた。

「下まで僕も行きます。タクシーを呼びますか？」

「いや。社用車でいい」

社用車の管理は総務部であるが、役員用の高級車は秘書課が管理しているため、黒部も予備の鍵《キィ》は持っている。

一階に着く短い合間に嶺河は部下へ思いつくだけ指示を出す。今日の予定はすべてキャンセル。すぐに会長と社長へ報告。警察を呼ぶかどうかは社長の判断を待つ。インハウスローヤーの道前部長に相談、と。

警察案件だが、古い頭を持つ役員たちは不祥事を表沙汰にできないと騒ぐだろう。だからと言って椚田を許すつもりはないが。

一階で降りると自社ビルの裏手にある駐車場へ向かう。守衛室の前を通るとき、楓子を抱き上げた嶺河を見て守衛が限界まで目を見開いた。

嶺河は歩きながら、「口止めしておいてくれ」と黒部へ告げる。駐車場へ入ると役員用セダンの後部座席へ楓子をそっと横たえた。

「すぐに病院に着くから」

そう言いながら彼女の赤い頬を撫でると、楓子は揺れる視線を嶺河へ向けて安心したように吐息を漏らし目を閉じた。

「ありがとう……」

運転席へ座った嶺河は、行き先は自分の両親が経営する病院だと黒部へ告げて、彼が開けた大型門扉から車を出した。

§

昔、母を亡くしたばかりのまだ少女だった頃、楓子は夢の中でなら母に会えるかもと思っていた。だからぼんやりと母の声が聞こえたとき、夢の中にいるのだと思った。

あらあら、早く目を覚ましなさいと、あなたを待っている人がいるわよと、懐かしい優しい声がする。

楓子もまた、もう起きなければいけないと、会いたい人がいると思い出した。

——でも残念。お母さんには彼を紹介したかった。

父は興味を示さないだろうが、母なら喜んでくれる予感があった。するとどこからか、ふふ、と母の笑う声がする。

——もう、『どうでもいい』は卒業できそう？

その声はだんだんと小さくなっていく。

同時に楓子は背中を押されて浮上する感覚があった。何かに意識が引っ張り上げられていると。

瞼を通して光を感じた彼女は、眩しいと幾度か瞬きを繰り返した。しばらくして目を開けば白い天上が視界いっぱいに映る。視線を動かすとベッド脇にスーツ姿の嶺河がいた。椅子に座ってタブレットを見つめており、こちらの覚醒に気づいていない。

ずり、と頭を動かしたら彼はすぐに顔を上げた。

「目が覚めたか。……良かった」

ホッと息を吐いた嶺河が安堵の笑みを浮かべる。楓子は彼の整った容貌から周囲へと視線を巡らせた。

ダークブラウンの重厚な家具と、クリーム色の壁が落ち着きを与えてくれる広い部屋だ。少し離れた位置に革張りソファの豪奢な応接セットがある。

執務室のような環境に疑問が浮き上がった。

「ここ、は……」

「病院」

まったく病室に見えない造りを楓子はぼんやりと見回す。父親が入院していた部屋とは根本から違うと思った。そして窓の外は漆黒に塗り潰されている。

「私……、お昼に、アナフィラキシーを起こして……、そこから、あまり覚えてなくて……」

「俺が病院に連れてきた。それからは眠りっぱなしだ」

今は午後九時半過ぎと聞いて楓子は呆然とする。明るい日差しが差し込むオフィスで仕事をしていたはずなのに、いきなり時間が飛んで少し混乱した。

「びっくり、です……」

「そうだろうな。疲れていたのもあるんだろ。夕べは俺のせいで寝るのが遅かったし」

「え……」

彼のせいで就寝が遅くなるの意味は、ベッドでイチャイチャしていたと同義になる。寝起きでぼんやりとしていた脳が熱を持ち、急速に思考が鮮明になった。

みるみる顔を赤くした楓子は、シーツを頭まで被って火照りを隠そうと無駄な努力をする。

キシッ、とベッドが揺れて彼女の体もかすかに揺れた。嶺河が体重をかけてきたのだと見えなくても悟る。

「隠れるなよ。出てこい」

彼の声が笑っているうえ、やたらと色っぽい。……こんな気分のときにエロい声を出さないで欲しいと楓子は切実に思う。惚れた男の劣情を感じて肉体が共鳴してしまうではないか。無意識に太腿をすり合わせているから猛烈に恥ずかしい。

ほんのりと熱い頬を撫でたとき、不意に鏡で見た己の顔を思い出した。

「あのぉ、私の顔、まだ酷いですか……？」

「蕁麻疹か？　ほぼ消えてるぞ」

ほぼ、ということはすべて消えているわけではないようだ。楓子は自分を覆うシーツをギュッと強く握り込む。

「……出たくない。好きな人の前では、少しでも可愛い顔でいたいもん……」

子どもか、と自分で自分にツッコミを入れていたら、ふと嶺河が何も言わないことに気がついた。

いつもなら楽しそうにからかってくるくせに。

そこでやっと、どさくさに紛れて告白をしたことに気がついた。

——いやぁぁあああぁっ！　なぜ！　なぜこんなムードのないときにペロッと言っちゃってんのよ私！

暗闇の中で小さく悶えていると、嶺河がシーツ越しに抱き締めてきた。

「楓子、さっきのもう一回言ってくれ」

その声から喜悦を感じ取り、彼女の身悶えがピタリと止まる。愛する人の喜びは己の喜びでもあると身をもって理解するから、拒否できない。

「……〝出たくない〟」

「こら。そうじゃないだろ」

笑いを含む優しい声に勇気づけられ、シーツを通して告白する。

「好き……」

「うん、知ってる」

自信ありげな口調に、楓子はそろりとシーツの端から双眸《そうぼう》を出す。嶺河が口の端を吊り上げる独特の笑みを浮かべていた。まるで悪だくみを考えているような、ほんのりとこちらに震えを生み出す魔性の微笑み。

「……今、知ったくせに……」

悔し紛れに悪態をつくと嶺河の笑みが深くなる。長い指がこちらの前髪を梳《す》いて、地肌を撫でる圧《あつ》がとても気持ちいい。

ほぅ、と気の抜けた声を出すと彼の唇がこちらの唇を啄《ついば》んでくる。

「好きだ」

簡潔だが嘘偽りないと感じさせる言葉に、楓子の体がびくりと跳ね上がる。睫毛が触れ合うほどの近さで嶺河を見上げれば、彼の眼差しには嘘とか、からかいとか、かすかな疑念さえも感じさせない誠実さが溢れており、その綺麗な瞳から目が離せない。

ただ見つめ合うだけで自分の空虚な器が満たされる気がした。

――もう、『どうでもいい』は卒業できそう？

夢の中の声が脳裏に響く。

楓子は心から溢れそうになるほどの感情の濁流に押し上げられ、両腕を伸ばして恋人の逞しい首に縋りついた。

「好き……あなたが好き……」

どうでもいいことなど、私の人生に一つだってない。そう心から思えることが嬉しかった。

「俺も好きだ。愛している」

「ん……」

抱き締め返されて背中が浮き上がる。その力強さに愛しさとは別の感情を抱いた。安心感や喜び、心地よさ、高揚感に感謝の気持ち……

この想いを幸福と呼ばずして、何を幸福と呼ぶべきか。

楓子はこみ上げる感慨を噛みしめて彼へ口付けた。愛する人を求める舌が情熱的に絡み合う。相手を想う気持ちに負けないほど深く、淫らに愛情を交わし合う。

やがて唾液で濡れる唇を離した嶺河は、至近距離で彼女の瞳をのぞき込んだ。

「いい目をしている」

「……そうなの？」

「ああ。なんて言うか……生き生きしてるって言えばいいかな」

「うん……。あなたが、いるから……」

ちょっと照れ臭さかったので言いよどむと、嶺河が幾度も頬へ瞼へキスを落としてくる。

「俺が君の生きる理由になったのなら、すごく嬉しい」

「……うん。私も、嬉しい……仁」

彼を好きだと意識して名を呼べば、奇妙なくすぐったい感動が胸に満ちる。昔は嶺河先輩と呼んでいたから、今の関係は過去とは根幹から違うのだと信じられた。

自分は痛い記憶を慰めたくて彼とやり直すのではなく、揺籃《ようらん》期を脱出して新しい価値観を得た大人の男女として、彼と対等に愛し合う選択をしたのだと。

そう思ったとき、心の奥に残っていた蟠りが完全に溶けたような気がした。自分と再会するまでの彼の過去など気にならないように、昔の自分との苦い過去もたいしたことではないのだ。

氷のように冷たい小さな蟠りが蒸発して心が熱くなる。とてもとても、嬉しかった。

その気持ちのまま彼の唇に縋りつく。嶺河の口腔へ舌を伸ばせば、彼が唇で甘噛みしてくる。戯れのような触れ合いで胸の奥がときめく。

息継ぎの合間に「好き」と愛を囁いていたとき、突然ノックの音と共にスライドドアが開いて楓子の肢体が一センチほど跳ね上がった。

「おや、起きたようだね」

白衣を着た医師が笑顔で入ってくるから、抱き締めてくる嶺河を思いっきり押すが、彼は不機嫌そうな顔で医者を睨んでからのっそりと起き上がっている。

「返事があるまで開けるなよ」

「おまえがアホなことをしなければいいだろ。ここは病院」

闊達《かったつ》に笑うその医師の顔立ちは驚くほど美しく整っており、渋さと色香が絶妙なバランスで混じり合う美男子――というか美中年だった。

お医者様でこれだけ美形だったら、結婚するまで大変だったろうな。と、楓子が唖然としてイケメン医師を見上げていたら、彼はこちらを見てニコリと微笑んだ。

「だいぶ顔色がよくなったね。気分はどうだい？」

「あ、はい。問題ありません」

「良かった。アナフィラキシーは短時間で死に至ることもあるからね」そこで顔を嶺河へ向けて、「おまえが注射薬の使い方を知っていたとは驚きだけど」と告げた。

その親し気な口調に楓子は目を瞬かせる。医師があまりにイケメンだったので驚きすぎて意識しなかったが、嶺河の話し方も砕けている。

——まさか。

恐ろしい想像が浮かんでゴクリと口内に溜まった唾液を飲み込む。物問いたげに二人の美形を交互に見れば、嶺河が「ああ」と呟いて医師へ顎をしゃくった。

「俺の親父」

——やっぱりぃっ！

慌てて起き上がった楓子はベッドに正座して頭を下げた。

「初めまして！　嶺河室長の秘書で瀧元と申します！　ご子息にはいつもお世話になっております！」

彼の姉へ挨拶したときと同様に這いつくばってしまったのは、社畜根性のなせる技《わざ》か、はたまた緊張感に煽られたせいか。

嶺河の姉に会ったときは、「ああ、ご姉弟ですね」と見ただけで分かったものだが、親子間では全然似ていない。眉目秀麗なのは共通だが。

平伏していると頭の上から困惑の声が振ってきた。

「仁。この子、カノジョじゃないのか？」

「カノジョだよ。でも俺の部下でもあるんだ」

そう言いながら嶺河が楓子の上半身を起こして横たえる。シーツまでかけてくれたため楓子がオロオロしていると、「寝てろ」と睨まれてしまった。

彼の父親がほがらかに笑い、電動ベッドの背もたれを起こしてくれる。寝転がった状態から脱却できて彼女は心から安堵した。

「そうかしこまらないで。今後のことを話しに来ただけだから」

医師でもある父親は、二十四時間の経過観察が必要なので明日の昼まで入院することや、七十二時間以内に再びアナフィラキシーを発症する可能性があるため、退院の際に新しいアドレナリン自己注射薬を渡すこと、などの話を続ける。

ふんふんと真面目に聞いていた楓子は、「何か質問は？」と聞かれて素直に口を開いた。

「私、何が原因でアナフィラキシーを起こしたんでしょうか」

すると嶺河親子が顔を見合わせたので、楓子は再び二人のイケメンを交互に見つめてしまう。戸惑っていると父親が、「蕎麦を食べたことが原因」と教えてくれた。

楓子は驚きのあまり目を見開いた。

「そんな！　蕎麦なんて食べていません！」

父親が何か言いかけるのを嶺河が止めた。「俺から話す」と告げて親へ退室を促し、彼はベッド脇の椅子に腰を下ろした。

「君は蕎麦を食べさせられたんだ。原因は蕎麦じょうようだ」

すぐに椚田からもらった和菓子を思い出す。確かにじょうよう饅頭にしては不思議な風味がした。

でもまさか、そんな……

震える彼女の手がシーツを強く握り締めた。

「……あれは、アレルゲンが入ってないって聞いたわ……それに、椚田さんは私のアレルギーについて知ってるはず……」

父親の忌引き明けに、アレルギーについて話したことを覚えている。その際、蕎麦は少量でも命を落としかねないと伝えていた。

震える手を嶺河が握り締める。

「椚田が白状したから詳細は把握している。道前部長が説得してくれたんだ」

MCⅡの執行役員兼法務部長は、『インハウスになってから刑事事件に関わるとは思いませんでした』と引き攣った笑みを浮かべつつも、ふてくされて口をつぐむ椚田へ、丁寧に彼女の立場を説明したという。

まず彼女がやらかした罪は、従業員への傷害罪、役員および秘書課の業務を妨害した威力業務妨害罪。どちらも刑事罰の対象だ。

そしてＭＣⅡは就業規則に、刑事犯罪にあたる行為を行なった者は懲戒解雇、ときっちり記してある。

『――なのでクビは避けられないからね。そのうえ逮捕されて、事《こと》が公《おおやけ》になったら会社は損害賠償を請求すると思うよ。そうなれば社会的に死ぬから。今すぐ警察に通報してもいいんだけど、理由次第では力になってあげられるかなー』

と、やんわり笑顔で説得したという。それで梛田はやっと自分の立場を自覚したのか洗いざらい白状した。

以前、情報漏洩により懲戒解雇となった第二秘書を真似て、梛田も別ルートで小金を稼いでいたという。だが例の第二秘書がクビになったため怖くなり、しばらくは大人しくしていた。が、梛田の不正行為を知る投資家からメールが来て、嶺河に関わる情報を売って欲しいとの接触があったという。

とはいってもその頃には、役員の情報は担当秘書しか閲覧できなくなっていた。すると今度は楓子の個人情報《プライベート》を求められ、アレルギー体質であることはそのときに流れている。

個人の情報なのに高く売れたからおかしいとは思っていたが、浪費癖が染みついた梛田はそこで留まることができなかった。

すると昨日の夜遅く、今までメールでやり取りするだけだった相手がいきなり自宅に押しかけて来たという。しかも和菓子を渡されて楓子へ食べさせろと言われた。

なぜ自宅を知っているのか、なぜ食べさせるのか、と何度聞いても答えない相手に、怯えた椚田は一度断った。しかし情報漏洩の件をＭＣⅡに告発すると脅迫されて逃げきれなかったという。

そこまで静かに聞いていた楓子は、声を出して話を止めた。

「椚田さんに和菓子を渡したっていう相手、いったい誰なの？」

「……木村一郎《きむらいちろう》と名乗っていたそうだが偽名だ。椚田は会ったこともない女だと言っていた」

女、と呟く楓子の脳裏に一人の女性が浮かび上がる。憤怒を込めてこちらを見下す鬼のような表情。

嶺河がやるせない溜め息を吐いた。

「もしかしてと思って姉貴に森高の画像がないか聞いてみたら、かなり昔の写真だが残っていたから送ってもらった。椚田に見せたら木村一郎と名乗った女だと認めたよ。……本当にすまない」

嶺河が深く頭を下げる。額がシーツにつきそうなほど。

楓子はその頭部を悲しげに見つめたまま唇を引き結んだ。

『死ねばいいのに』

あのときの森高の表情を思い出して胸が苦しくなる。ただの捨て台詞だと思っていたのに、まさか本当にやるなんて。それがどれほどの罪になるか、常識を持った人間なら分かりそうなものなのに……

「顔を上げて。あなたが悪いわけじゃないわ……」

彼にそんなことをして欲しくなくて、彼を慰めたくて大きな手を握って恋人繋ぎにする。

ゆっくりと頭を上げた嶺河の表情が、いまだに何かをこらえるかのように強張っていた。彼女は小さく微笑み、ちょっと甘えた声でおねだりをしてみる。

「ね、キスして」

楓子がこうやって話を誤魔化すのは初めてなので、彼は虚を突かれた顔になっている。

少しためらいを見せる嶺河だったが、やがて空いた手で彼女の頬をそっと支えつつ唇を重ねた。

愛を交わす恋人のキスというよりも、癒やしを目的とした慈愛の触れ合い。ゆったりと唇を食む動きで楓子は恋人を慰撫する。

ちゅ、とかすかな音と共に唇が離れた。温もりが消えるのを惜しむ楓子が両腕を差し出すと、嶺河が抱き締めてくれる。

彼が彼女の耳元で囁いた。

「あの女には今日のことを必ず償《つぐな》わせる。絶対だ」

それは俺が手配してもいいかと彼に問われ、楓子は小さく頷いた。自分ではコネも伝手《つて》も持っていない。

「……でも、森高さんって昨日セミナーにあなたが参加すること、よく分かったわね」

先ほど彼が話したように、役員のスケジュールは担当秘書以外は閲覧できない。

そこで嶺河が楓子の体を離し、瞳を覗き込んできた。

「君さ、セミナーのことを竹中に話しただろ」

ＢＥＣに出席する情報は、椚田が竹中から何気なく聞き出し、森高へ売ったのだという。楓子が「あっ」と声を出した。

「ごめん……。そういえば竹中さんに言った覚えあるわ。合コンに誘われて――」

「合コォンッ!?」

いきなり嶺河が叫んだため、至近距離にいた楓子はビクッと固まってしまう。

「合コンって、まさか行くつもりだったのか？」

嶺河が半眼で睨みつけてくるから、冷や汗をかく楓子は首をブンブンと勢いよく左右に振った。

「セミナーがあったから、行けるはずないし……」

「それってセミナーがなかったら行くとも聞こえるぞ」

「そんな横暴な……」

困ったように眉を下げる楓子が情けない声を出したので、すぐに噴き出した嶺河が彼女を強く抱き締めた。

「すまん。心が狭い男の嫉妬だと思ってくれ」

もう、と息を吐いた楓子が力を抜いて彼の胸板へもたれかかる。ちょっと驚いたけれど独占欲が嬉しいと思ってしまうから、間違いなく恋の病だと実感する。

ここで少し肩が寒くなったため、ベッドに横たわることにした。すぐさま嶺河が恋人を寝かせて肩までシーツを被せてくれる。

「腹は減ってないか？　何か用意するけど」

「全然。もう時間も遅いし、朝まで大丈夫」

こちらを想いやる彼の優しさが嬉しくて楓子は微笑んだ。

「食べ物といえばね、私、蕎麦自体は嫌いじゃないの。蕎麦じょうようは美味しかったわ」

まだ蕎麦アレルギーを発症してなかった幼い頃は毎年、年越し蕎麦を食べていたと話した。

「そしたら四年生のときに突然、泡を噴いて倒れちゃってね。死ぬほど旨いとはこのことかと思ったわ」

再び嶺河が噴き出した。「誰がうまいこと言えと」と笑っている。そんな彼を見上げていたとき、背後にある大きな壁時計に視線が移った。午後十時になろうとしている。

「仁、もう帰って休んだ方がいいわ」

「帰りたくない。ソファで寝る」

「駄目よ。ノワールが待ってるじゃない」

留守番をしている愛猫の名を出せば、「あー」と声を漏らしながら嶺河がベッドに突っ伏した。その黒い髪を楓子が撫でていたら、しばらくして彼が顔を動かして片目だけで見上げてくる。

「なあ……、一緒に暮らさないか」

ついでのように言っているけれど、彼がそれを望んでいることは察していた。楓子も恋人の部屋へ行くのは好きだったりする。ノワールとも会えるから嬉しい。

飼い主たちが一緒に寝室へ行くときはなぜか付いてこない、空気が読める猫を思い出して彼女は微笑む。

「……そうね。考えておく」

すると嶺河の形がいい眉が顰められる。

「いま決めろよ」

「あら、気が短い男は嫌われるわよ」

おあずけを食らった男はふてくされた表情になり、顔面をシーツに押しつけてグリグリとこすっている。

その子どもっぽい仕草に、楓子の密やかな笑い声が静かな病室に響いた。

翌日の金曜日、楓子の経過は順調で問題もなく、回診に来た嶺河の父親から「退院しましょうか」と言われて心から喜んだ。

たいした私物はないので、お昼ご飯をいただき、運ばれてきたときに着ていたスーツに着替えて入院費用の請求書を待っていたら、嶺河の父親がやってきた。

「本来なら仁に代わって家まで送り届けたいんだけど、抜けられなくてごめんね」

父親から渡された名刺を恐縮しながら楓子は受け取る。そこには『医療法人八重波《やえなみ》会　理事長／八重波病院院長　嶺河篤仁《あつひと》』とあった。

――やっぱり院長先生なんだ。すごいなぁ……

感心していたら院長が言葉をつなげる。

「そうそう、診断書は弟に渡しておいたからね」

「弟さん、ですか？」

「仁から聞いてない？　私の弟は法律事務所を開いてるんだ」

――弁護士さんなのか……

そういえば遺言書の件を村上と話していたとき、嶺河は家に顧問弁護士がいると言っていた。叔父《おじ》さんだったとは……

医者に弁護士、祖父は大手企業の経営者とはすごい一家である。そういえばＭＣⅡの創業者である会長は男児が二人もいるけれど、どちらも会社を継がなかったので孫が後継者になったと噂で聞いたことがある。

「弟は企業法務をメインにしてるけど、事務所には刑事事件が得意な弁護士もいるそうだから、全部任せておけば大丈夫だよ」

「ありがとうございます……」

被害者である自分の知らないところで話が進んでいた。……まあ、昨夜は嶺河に任せると言った手前、自然な流れなのだろう。

楓子は素直にお礼を述べるだけにとどまった。

そして診察券は渡されたが入院費用の請求書がないため尋ねてみたら、「お代は仁からもらったから」とあっさり断られた。

ここの豪華な個室、一泊二日でいくらになるんだろう。うすら寒い気持ちを抱えたが、ここでゴネても自分の意見は通らないと肌で感じたので引き下がった。


タクシーで自宅へ帰った楓子は、まず家の窓をいくつか開けて換気する。三日ぶりの帰宅なので空気がよどんでいるようだった。それからシャワーを浴びて着替え、仏壇に線香をあげた。

今日は午後から出社するつもりだったが、それを上司に告げたところ怒られたので本日はお休みである。社畜が休みをもらうと落ち着かないため、嶺河の家で猫に構ってもらおうと考えていた。

ここ最近、週の半分は恋人の部屋で過ごしている。向こうの部屋にも衣服や日用品が過不足なく置いてあるので不便はない。

そういった品はすべて嶺河が買いそろえてくれるため、当初は申し訳なさが勝っていた。が、下着類は完全に彼の趣味なので、そのうち〝恋人を喜ばせている〟と割り切ることにした。

それでも二つの家に服や日用品が分散している状況は、微妙に面倒なものがある。そして使っていない自宅の部屋はどんどん埃《ほこり》が溜まっていく。やはり住居は一つに絞るべきだ。

同棲を誘われたこの機会に家も処分して、仏壇も整理してしまおう。嶺河の部屋に位牌だけ置かせてもらえれば十分だ。

「……意外だな」

少し前の自分なら他人と暮らすだなんて考えもしなかった。家族の思い出と共に、ここで朽ちていくと信じていたから。

でも今は、すぐにでも嶺河の部屋へ行きたい。彼と一緒に暮らしたい。早く会いたい。

秘書が休みのせいで上司の帰宅は遅くなるだろうけれど、恋人の気配がそこかしこに残っている部屋にいると気持ちが安らぐ。乾いた心が潤うようで。

それに自分があそこで暮らすことを決めたら、彼はすごく喜んでくれるだろう。

――私も、あなたが喜んでくれると嬉しい。

うっすらと頬を染めた楓子は両手で頬を包み羞恥を宥める。そして晴れやかな気持ちで立ち上がり、両親が寄り添う写真を見つめた。

「じゃあ、またね」

いつも出かけるときは「いってきます」と告げていた。でもこれからは嶺河が己の帰る場所になる。

楓子は鞄を手に取ると軽い足取りで玄関へ向かい、生まれ育った家に背を向けて歩き出した。

その日の夜、午前零《れい》時近くになって玄関の扉が開き家主が帰ってきた。

「ただいま……」

さすがに声には疲れが滲んでいる。ノワールを脚にまとわりつかせる彼は、楓子の華奢な体を思いっきり抱き締めた。

「疲れた」

「おかえりなさい。ごはんはどうする？」

「何を食べたか思い出せないけど食べた」

今夜の彼の予定は取引先との接待だ。ずっと気を遣っていたのだろう、なかなか抱き締める楓子を離そうとしない。

なので彼の気が済むまで、彼女は恋人の広い背中を優しく撫でる。しばらくしてキスをしてから解放された。

スーツから私服に着替えた嶺河がソファに座り、膝の上へノワールが飛び乗って丸くなる。いつもの光景に微笑む楓子が彼の隣に腰を下ろすと、恋人が話し始めた。

「例の椚田の件だけど、親戚の……叔父の法律事務所に頼むことにしたから。説明が遅くなってすまない」

「それはいいけど。もしかしてあなたのお父さんから何か言われた？」

「ああ。カノジョを心配するのは分かるけど、当事者を抜きにして話を進めるなって」

明日、叔父と引き合わせると嶺河は再度頭を下げる。楓子は笑って首を振った。

「お任せしたもの、気にしないで。それより入院費用とか色々ありがとう」

自分で払うという言葉は飲み込んでおく。素直に厚意を受け取った方が彼は喜ぶと思うから。大事にしたい相手が遠慮ばかりして一歩引いていたら、彼は寂しさを抱くだろう。

——金銭感覚のズレは慣れるまで大変だろうけど。

しかしそれもまた受け入れると決めたのだ。いつかは馴染むはずと前向きに考えておく。

楓子の素直な様子に何かを感じたのか、嶺河が恋人の肩を抱いて引き寄せた。

「何かあったのか?」

「何もないわよ。お話ししたいことはあるけど」

「んー?」

顔を寄せて見つめ合えば、彼は人を食ったような表情で微笑んでいる。口の端を吊り上げる独特の笑みは俺様な彼に相応しくて、楓子はクスリと微笑を浮かべた。

「あのね、私も、あなたと一緒に暮らしたい」

嶺河が笑みを引っ込めて目を瞠る。楓子は美しい瞳を見つめながら言葉をつなげた。

「だから……どうぞよろしくお願いします」

ぺこりと頭を下げて持ち上げたとき、驚きを表していた彼の表情がふわりと緩んで柔らかな笑みを見せた。職場では誰にも見せることはない、彼の優しさや包容力を感じさせる表情。

貴重な笑顔を独占できる喜びに楓子は胸がときめいた。

「ああ。こちらこそよろしく」

逞しい腕に引き寄せられて唇が塞がれる。触れ合う箇所から恋人の喜びが流れ込んでくるようで、惜しみなく与えられる親密な想いに楓子の心が炙られる。触れ合う唇の温度で彼の興奮を悟り、やはり喜んでくれたと心が躍る。

互いを求める深い口づけは、まるで神前での誓いのキスにも似ていた。

# エピローグ

『ベトナム料理って食べたことあるか？　卵と乳製品を全然使ってない店があったんだ。もちろん蕎麦も。食べに行かないか？』

ある休日のお昼、楓子は嶺河に誘われて、彼の自宅近くにあるベトナム料理のお店へ行くことになった。十一月の今日は小春日和と呼ぶに相応しい暖かさで、二人は手を繋いでのんびりと散歩を楽しみながら店へ向かう。

楓子はベトナム料理を食べるのは初めてだった。

海老やビーフンを包んだ生春巻き、米が原料の平打ち麺《ヌードル》のフォー、葉野菜で包んで食べるベトナム風お好み焼き、などなど。香草と野菜、魚介類をふんだんに使った料理はアレルギーを気にすることがないうえ美味しい。

感動した彼女は昼間だというのに、嶺河に勧められるがままベトナムビールをひょいひょい飲んでしまった。

いい気分で、食後にコーヒーと〝チェー〟をいただく。これはあんみつに似たデザートで、白玉団子やタピオカや果物に甘いココナッツミルクがかかっていた。

この店は嶺河の家と会社の中間にあり、楓子も通勤で使っているターミナル駅の近くになる。これほど近距離にありながら一度も利用したことがないため、楓子は食事中、やや呆然としてしまった。

「私、本社でそこそこ長く働いてるけど、ここは初めて入るわ……」

彼女は弁当持参が多いうえ、寝坊したときは食堂へ行くのであまり会社を出ないのもある。

「君はさ、食べ慣れない食材が含まれていると警戒するから、新しい店を開拓するってことはあまりしないだろ」

慰めるように笑う嶺河に楓子は頷く。昼休みに蕁麻疹を発症させたら周囲が心配するので、お店の新規開拓はしなかった。

ふと窓の外を見れば、遠くに通勤経路となる通い慣れた道路が見える。

不意に、会社の人が通り過ぎるかもと思った。

MCⅡは休日に働く人が少なくない。品質管理系などは二十四時間体制だったりするため、休みの日でも会社は稼働している。

――まあ、この人といるところ、見られても構わないけど。

なぜなら秘書課では公然の秘密になっているのだ。

アナフィラキシー騒動があった翌週の月曜日、全快した楓子が出社した途端、女性秘書たちが円《えん》陣《じん》を組んで彼女を取り囲んだのだ。

『瀧元さんって嶺河室長と付き合ってるのよね？』

『アレルギーのとき、室長だけが注射薬を持ってるの知ってたし』

『瀧元さんのこと楓子って呼んだからビックリしたわ』

『秘書課に来る前から付き合ってたの？』

などなど、前後左右から質問攻めにされて本気で泣きそうになった。他の男性秘書たちは我先に逃げていくし。

『……スミマセン申し訳ありません隠してて……』

怯えた楓子はそれ以外に言うことができなかった。徒党を組んだ女性たちは本気で怖い。

しかし彼女たちは、楓子が嶺河との関係を認めるとすんなり受け入れた。

『なんか安心した。あの人も人間なんだーって』

『そうそう、第二秘書を取っ替え引っ替えしてた理由も教えてくれたしね』

取っ替え引っ替えって、その言い方はちょっと引っかかるし複雑だ。と楓子は思ったものの賢明なことに言葉を飲み込んでおいた。

椚田が逮捕されたため情報漏洩の件が秘書課へ公になっていたのだ。自分たちが疑われていたことに第二秘書たちは複雑な表情を浮かべたが、潔白とみなされて嶺河が謝罪した。

『君たちの能力はきちんと認めている。ただ、誰が就業規則違反を犯しているか分からなかったので全員を遠ざけた。すまない』

悪いとはまったく思っていない表情で告げたらしいが、それで第二秘書たちは納得し、嶺河に対する悪感情がやわらいだらしい。

――イケメンがたまに見せる誠実さに騙されている……

と思ったがこれもまた心の中へしまっておいた。

椚田といえば、彼女がなぜ犯罪に手を染めてまでお金が欲しかったかは、謝罪文で知ることになった。

彼女の実家は県内の田舎にあり、かなりの土地を持っているそこそこ裕福な家庭だったという。大学進学時から名古屋に出て華やかな都会ではっちゃけたらしく、親からの送金もあり給料以上の金で盛大に遊んでいた。そのときに浪費癖が身に着いたという。

それに気がついた親が送金をストップし、実家に帰って結婚しろと迫るようになった。そこで素直に帰るか、踏ん張って給料内でやりくりすればいいものを、遊ぶ金欲しさに悪事に手を染めてしまう。

黒部との不倫の噂をばら撒いたのも彼女だという。森高に依頼されたから仕方なくやったと書いてあったが、そんなことを金で頼まれて実行する神経が理解できない。

彼女の動機を聞いた他の第二秘書たちは、『そんなにお金が欲しいなら風俗で働けばいいのにねー』と恐ろしいことを言っていた。犯罪に走るよりは……いいのだろうか。

慰謝料や弁護士費用、その他諸々は両親が土地の一部を処分してお金を捻出したという。どれほどの金額になったのか想像もできない。

ちなみに会社とは示談が成立したので不起訴になったが、楓子の傷害の件は執行猶予付きの有罪判決で、森高も同様である。

娘を庇う森高の両親の懇願により慰謝料を受け入れ、彼女は実刑を免《まぬが》れることになったが、それは心を病んだ森高が療養施設に入ることが条件だった。

療養施設とは病院みたいなものかと嶺河に尋ねたところ、『まあ、そんなもん』と珍しく言葉を濁した。某県の離島に富裕層のみを受け入れる特殊な施設があるそうで、彼女はもう二度とその島から出てくることはないという。嶺河があまり聞かれたくなさそうだったため、楓子はそれ以上、突っ込むのをやめた。

なので二人のことは、もう考えないようにしている。

「——どうした？」

「え？」

考え込んでしまい手が止まっていた。現実に戻ってきた楓子はニコリと微笑む。

「ごめん。ベトナム料理って家でも作れないかどうか考えちゃって」

「それなら今度、輸入食材を扱っている店に行くか？」

「うん」

たぶん嶺河は、いま恋人があまり楽しくないことを考えていたと察している。だが指摘しないでくれる寛容さがありがたかった。

そして己もまた、恋人でも立ち入って欲しくない部分があることを学び、それに触れないことが労りと優しさであることを学ぶ。

昔の自分はそんな簡単なことさえ分からなかった。でも今は、執着と束縛以外の愛し方を知っていると信じたい。


食事後は嶺河の部屋へ一緒に帰って、楓子はノワールと戯れながら住宅情報誌を眺めた。

現在、彼女は自宅を処分する手続きを進めながら恋人と共に暮らしている。

ここはウォークインクローゼットに余裕があるため、楓子の少ない荷物も容易に収まり、不満なく生活ができていた。

しかし家主はそうではなかったようだ。

『ここは手狭だ。君の服をもっと揃えたいから、クローゼットじゃなくて衣装部屋をつくるべきじゃないか』

と、いきなり意味不明なことを言い出した。……部屋一つを衣装で埋めてどうしろと。

『それって、引っ越すってこと？』

『そう。もっと広い部屋にしよう』

この部屋は人に貸して、新たなマンションを購入するという。それならばと楓子は自分も出資すると告げたのだが、ものすごく不思議そうな顔をした嶺河に断られた。

『俺が買うんだから、俺が払うに決まってるだろ』

『いやでも、一緒に暮らすし。それに実家を処分したらまとまったお金が入るから……』

『それは君の金だろ？』

彼は理解できないといった表情で首をひねっており、説得も聞き入れてくれそうにないため、楓子は笑顔で感謝しておいた……。

そして物件案内を眺める今に至っている。しかし。

「なんか、全体的に広いマンションばかりだよね……」

嶺河が一通り目を通して気に入った物件には付箋《ふせん》が貼ってある。それらはほとんどが４ＬＤＫ以上と、二人で暮らすには広大な間取りだった。

「広いとノワールが自由に動けるからいいだろ」

「まあ、そうだね……」

楓子は自分の脚元を複雑な表情で見下ろす。足の甲にはノワールがお腹を乗せてビローンと気持ちよさそうに伸びをしていた。

――お猫様か。お猫様のためなら仕方ないのかもしれない。

気を取り直してＭＣⅡの住宅情報誌のページをめくる。自社は住宅不動産部門があるのだ。

しかし嶺河は他社の物件でも構わないと鷹揚である。楓子の方は社畜根性を発揮して勤め先のパンフレットしか見ていないが。

そこで違う情報誌を見ていた嶺河が呟いた。

「マンションもいいけど、この際、家を建てるべきだと思わないか」

「二人で暮らすのに一軒家なんて大きすぎない？」

「そうだけど、例えば吹き抜けのリビングに、上の階へ続く猫階段なんてあったら楽しいと思わないか」

「猫って意外と高いところから落ちるわよ」

「えっ、猫なのに？」

嶺河が本気で驚いているので、楓子の口元にぬるい笑みが浮かんだ。

そう。猫は身軽で高所が好きな反面、おっちょこちょいでもある。なので転落防止ネットを取りつけた方がいい。

そう説明すると彼はタブレットで転落防止ネットを検索し、猫がネットをハンモックにして寝転んでいる画像を見つけて凝視している。

――ああ……、彼の頭の中でマンション購入じゃなくって、猫のための家を建てる計画が進んでいる……

まあ資金は彼が出すのだ。そのうえハウスクリーニングも入れるそうなので、家中が毛玉だらけにはならないだろう。

猫と戯れている恋人の姿を想像して楓子は微笑む。

「そうね。戸建てもいいかもね」

何気なく呟いたところ、タブレットから顔を上げた嶺河が、悪戯っぽい笑みを浮かべて顔を近づけてきた。

「だよな。将来のことも考えて、子ども部屋を作っておくのも悪くない」

……その言葉がどのような意味を持つかなんて、鈍感な自分でもさすがに分かる。

楓子は己の頬がじわじわと熱くなっているのを感じ取り、羞恥から伏し目になった。その紅葉を散らした顔に嶺河の指が這わされる。赤みを宥めるような優しい触れ合いに、心地よさを感じた楓子は目を閉じてうっとりした。

以前の自分は結婚と聞いても、相手に扶養されて苗字まで変えられて、社会的な隷属ではないかと心のどこかで思っていた。

——でもそうじゃなくて。結婚は、あなたの人生と私の人生が同じになることだって思うから。

生涯を共に生きることを、公に宣言する。それ自体が幸福なのだと今は理解している。

人間は〝一人〟という単体での成長は難しい生き物だ。他人との関わり合いによって様々な刺激を受け、興味を膨らませて視野を広げ知識を積み重ねる。ときにはプラスに、ときにはマイナスに影響を受けて経験値に厚みを待たせる。

大人になった彼を愛するまで、そんなことなど必要ないと思っていた。一人でも生きていくことだけならできると。でも今は――

瞼を開いた楓子は、慈愛の眼差しで見つめてくる恋人の瞳を見て、おそるおそる口を開いた。

「あのね……。私、最近になって考え方を改めまして……」

「うん」

「今までは同僚や後輩の女の子たちが、クリスマスやバレンタインとかに浮かれて盛り上がっているのを、内心では冷めた目で見ていて……彼氏がいない僻《ひが》みというより、自分の誕生日も忘れてたぐらいで……」

嶺河と付き合い始めた当初も、彼の誕生日とか連休はどう過ごそうとか、全然考えたりはしなかった。どうでもいいと、ただ受け身でいるだけだった。

「でも今は、オーソドックスというかセオリー通りというか、乙女的なことも考えたりして……いや、乙女って歳じゃないんだけどっ」

投げやりだった過去を恥じて後悔するのではなく、それ以上に彼を大切にして愛していきたい。

熱っぽい眼差しで嶺河を見つめると、彼は楓子の言いたいことなど察しているのか、優しい表情で頷いてくれる。

「うん、続けて」

いつまでも待ってくれる、決して急かさない度量の大きさに胸がときめいて、温かな勇気が膨らんでくる。

「だから、その……プロポーズは、きちんと、してくれたら、嬉しいかなって……」

そっと上目遣いで彼の顔色を窺えば、屈託ない笑顔を見せてくれる。

「君がそう考えてくれたのが嬉しい」

嶺河が楓子の手を取って指先にキスを贈る。

「そうだな。プロポーズの定番というと、夜景が綺麗に見えるレストランで跪《ひざまず》くとか」

「ぅあ、それは、むちゃくちゃ恥ずかしいので……っ」

嶺河がやったら様になるどころか見惚れてしまう。でも我に返ったら羞恥で失神する可能性があった。

「そのっ、普通でいいから……。指輪は特に希望がないので、お任せしてもいいかな……？」

「分かった。君にとびきり似合う指輪を用意して、愛していると伝えるよ。──一生、そばにいてくれと希《こいねが》って、死ぬまで離さないと誓うから」

もうこれがプロポーズではないかと思われる約束に、楓子は泣きたいほどの感動を胸に抱いた。

「……ありがと……でも、ね。急いでないの……今はただ、こうして一緒にいられるだけでいい……」

いつのまにか彼の両手が楓子の頬を包んでいた。絡み合う眼差しが外れなくて、二人は自然と距離を詰めて唇を重ねる。

すぐに離れては再び引かれ合い、角度を変えては吸いついて舌を絡める。

艶かしい吐息が濃厚に混じり合い、胸を熱くする楓子は恋人の逞しい体に縋りついた。

寝室へ移動し、互いに服を脱がし合い、恋人の手で巧みに劣情を植え付けられた楓子は、幾度も瞼の裏で光が弾けるのを感じた。

ベッドに崩れ落ちると恋人が避妊具を身に着けたので、彼女は脱力する体を必死に起こして彼に覆いかぶさる。

いつも嶺河に翻弄されっぱなしだから、今日は自分が動きたい。

もちろん楓子は恥ずかしくて口に出すことはないけれど、恋人の気持ちを悟った彼が胡坐《あぐら》をかいて導いてくれた。

すでに何度か指と舌で達している蜜道は柔らかく蕩けており、彼女を満たそうと待ち構える極太の漲《みなぎ》りを抵抗なく飲み込んでいく。楓子は自分のナカを押し広げる質量に息を切らし、愛する男の形を内側から感じながら迎え入れた。

「ン……ッ、アアッ！」

腰を落とし、最後まで男を咥え込んだ彼女は、彼のもので隅々まで支配される感覚に喘ぐ。

慣れない対面座位は深い挿入だった。角度が合っているのか、子宮口と亀頭がパズルのようにピタリとはまって密着度が上がっている。

猛烈な圧迫感で呻く楓子が嶺河に抱きつくと、互いに何も身に着けていない素肌がこすれてさらに愉悦を生み出した。

局部からじわじわ浸透する快感に耐えていると、嶺河が恋人の耳の輪郭をなぞるように舌先で舐めてくる。

「ああ……」

官能的な曲線を誇る白い肢体が可愛らしく震えた。蜜孔が淫らに蠢き、腹に埋められた昂ぶりを愛しげに抱き締める。

男の唇から快感の吐息が漏れた。

「締まる……ッ」

色っぽい呟きに楓子が視線を向けると、甘く妖しい眼差しが下から射貫いてきた。

まだ自分たちは上司と部下である時間の方が長いから、彼のこのような愛しい者を見る眼差しは貴重だ。これからずっともらえると分かっていても、縋りつきたくなる。

だから両腕を逞しい首に回して唇を重ね合わせた。自分から舌先で彼の唇をノックすれば、恋人が口を開いて熱い口腔へ楓子を迎え入れてくれる。

舌同士でこすりつけるように絡み合った。彼の大きな手のひらが、彼女の白い背中を指の腹で優しく愛撫する。

「ん……」

触れられた皮膚から疼きが生じて楓子は腰が震えた。おかげで美味しそうに咥え込んだ剛直を、媚肉がぞろりと舐め上げる。楓子が動かずとも、愛しい男の分身を根元から鈴口まで卑猥に締めつけた。

広い傘の段差まで丁寧に執拗に、たっぷりと濡れた膣襞が吸いついていて淫らに絞る。まるでこの奥にある大事な袋へ、あなたの精を恵んでと言いたげに。

汗ばむ素肌をまさぐっていた男の手の動きが乱れ、唇が外れた。珍しく楓子に翻弄される嶺河が、官能的な笑みを浮かべて楓子の体を力いっぱい抱き締める。

彼女はちょうど口元にきた彼の耳朶へ、はむっと甘噛みを仕掛けた。その途端、下腹の最奥で硬い肉竿が跳ね上がる。

「あんっ」

甘えた喘ぎ声が吐息と共に男の耳へ注がれ、嶺河の呼吸のリズムが崩れた。

はあっ、と魅惑的な溜め息を漏らし、彼は楓子と密着しながら円を描くように腰を回す。彼女の中をいやらしくかき混ぜ、腹側にある啼きやすい箇所を幾度もかすめる。そのたびに膣道がひくひくと切なげに蠕動するのを怒張で感じ取っていた。

しかも充血する蜜芯が下草でこすられて、ピリピリとした快感が楓子の忍耐に少しずつ亀裂を入れていく。ナカと外の同時責めは、必死に耐えている彼女の意思を無視して肉体を高めていった。

「ああ……ぁ！」

そのとき嶺河が体を少し離し、右手で豊かな乳房を揉みしだいた。彼の手つきはやはり優しいけれど、勃ち上がった尖りは指の腹でややきつめに摘まれる。

腹の中をかき回されて乳房を甘く嬲られ、楓子はあまりの気持ちよさに自分で腰を振りたいほどだった。

「んっ、んん……っ」

決して激しくはない、丁寧に快楽を刷り込んでくる男の手管にじわじわと疼きが強まる。

やがて楓子の顔と言わず首まで真っ赤になってきた。体温が上がり、白い肌の至るところに刻まれた所有印が誇らしげに発色する。

「はあ、はっ、んぁ……」

抽送という強い刺激がないせいで、みっちりと絡みつく膣襞の動きが楓子にも鮮明に感じられた。

蜜口が彼を逃がさないようキュッと絞っていると。子宮の口が精を与えてくれる鈴口へ吸いついているると。

自分のいやらしい動きで自分も感じ入ることが止められなかった。楓子の全身がブルブルと不随意に震えて彼を締め付け、媚肉と陽根がこすれる快楽を拾い上げる。

「あぁっ、んあぁあ……っ！」

「すごい。動いてないのに……ちょっと、俺もまずいかも……」

嶺河の声がかすれている。性衝動を押し殺している艶声がたまらなくセクシーで、いきなり腰にきた楓子は媚肉でしゃぶっている一物をきつく扱いてしまった。

「グ……ッ」

反射的に彼の手へ力が入って乳房が握り込まれる。

「あっ、あっ」

痛みにも似た快感がほとばしり、楓子は背を仰け反らせて善がった。

――気持ちいい。すごく、きもちいい……

楓子が彼の上で悶えるたびに、亀頭の当たる箇所がずれて新たな刺激が刻まれる。ねじれた秘筒から蜜が溢れて互いの下草をたっぷりと濡らす。

「はうっ、もう、わたし……」

「ああ……ちょっと動いてもらってもいいか？」

彼女の限界を結合部で感じた嶺河が、やや追い詰められた声で囁く。コクコクと頷く楓子は彼の広い肩をつかみ、震えながら腰をゆっくりと引き上げた。

ズルッ。蜜まみれの赤黒い肉棒が亀頭のくびれまで吐き出され、すぐにまた熱い粘膜に飲み込まれる。

彼の太腿の上に腰を落とした楓子は、たった一度の律動でブルブルと肉体を痙攣させた。

「んあぁ……っ！」

いつもより男の質量が膨大に感じられる。おかげでゴムを被せていても、その脈動を感じ取れるほど。

喘ぎながら迸《ほとばし》る劣情に耐えていると、嶺河が彼女を抱き締めて押し倒してきた。とうとう我慢し切れなくなったらしい。

「すまんっ、動くから」

そう宣言すると激しく腰を振り、熱くて硬い剛直で彼女の蕩けたナカを徹底的に掘り返してきた。

「ヒゥッ！　ンアッ！　ああっ、あぁぁん！」

動く力が残っていない楓子は、彼に揺さぶられるがまま啼き、腰使いに支配され、注がれる快楽に際限なく溺れ続ける。ガツガツと攻められて強制的に快感を注がれて、涙を零しながら身をくねらせて喘ぐ。

逞しい腰をぶつけられるたびに善がり、体を震わせ、幾度も快楽の絶頂に飲み込まれた。

「はぁんっ！　あん！　あっ、ぅあああっ！」

彼女の惑乱が最高潮に高まったとき、同時に彼の先端から白い飛沫が噴き上がった。

「ア、ク……ッ！」

嶺河が漏らす呻き声で楓子は胸の奥に幸福を感じる。こうして余裕がない彼の声を聞くと、気持ちよくなってくれたと安心するから。

「ハァッ、仁……」

肩で息をしながら汗だくの彼を見上げたとき、噛みつくような口付けが襲ってきた。性急に舌を搦め捕られて息ができないほど激しく貪られる。

やがて彼は勢いよく己の分身を引き抜くと、手早く避妊具を付け替えて再び楓子へ覆いかぶさり貫いてきた。

「くはあぁぁっ！」

「ああ、楓子……ッ」

どうやら欲情のスイッチが入ってしまったらしい。もうこうなると彼を止めることはできず、発作にも似た激情が収まるまで楓子は快楽に打ち震えるしかない。

それでも彼女は喜びつつ、男の腕の中で甘い啼き声を上げ続ける。

二人の長い夜は、まだまだ始まったばかりなのだから。

# 煌めく日々

十二月中旬を過ぎて、もうすぐ恋人たちの聖なる夜を迎える土曜日。

寝室で部屋着からワンピースに着替えようとする楓子《ふうこ》はうろたえていた。それというのもベッドに腰を下ろした嶺河《みねかわ》が笑顔で見つめてくるからだ。

こちらの心情を暴くかのような彼の熱っぽい眼差しに、己の心臓の鼓動が大きくなる。

「……あっち向いてて」

楓子が壁を指さすと、嶺河はいかにも作り物だとバレバレな悲しい顔を見せた。

「俺の誕生日なのに。楽しみが一つ減らされるなんて悲しい」

よよ、と両手で顔を覆ってわざとらしい泣き真似をする。そう言われると楓子の性格からして強く言えないことを分かっているのだ。

なんとも言えない表情を見せる楓子は、仕方なくデニムとバルーン袖のベージュニットを渋々と脱いでいく。

嘘泣きをやめた嶺河がすかさず顔を上げるから、徐々にさらされる白い肌へ男の視線が容赦なく這い回り、ゾクゾクと背筋を震わす楓子の肌が粟立《あわだ》った。

恋人を〝見る〟ことが好きな彼の瞳に、情欲の光がちらつく。

——今日は嶺河の誕生日だったりする。

彼の秘書である楓子は上司の個人情報を把握しているため、嶺河の生年月日が十二月二十一日であることも知っていた。ゆえに一ヶ月以上も前から大いに悩んでいたのだ。何を贈るべきかと。

資産家の彼は物欲が薄い。

以前、楓子がさりげなく欲しい物はないかとリサーチしてみたのだが、本人いわく『欲しいと物というか必要な物やサービスって、金を払えば買えるんだよな。だから特にない』と言い切られてしまった……

その際、嶺河はついでのように『金では買えないものも当然あるけど、それは手に入れたから』と満足そうに呟いた。

このときの彼は熱を帯びた眼差しで恋人を見つめ、そのくせ満ち足りた優しい表情を見せるものだから、〝金では買えないもの〟が自分自身であることを楓子は悟って顔を赤くしたものだった。

彼の気持ちが嬉しくて。

しかし逆に、何も解決していないことに肩を落とした。

背に腹はかえられず、あまり嶺河とのことを他人に話したくないものの、秘書仲間の竹中《たけなか》に相談してみた。

すると彼女はケタケタ笑いながら、『そんなもん、自分の首にリボンを巻いてプレゼントになるのよ！　この世にはリボンチョーカーだってあるのよ！　こんなベタなネタが腐らずに残っているのはそれだけ需要があるのよ！』と、やや興奮気味に力説していた。

まったく参考にならなかったが、一応ネットでリボンチョーカーなるものを検索したところ、予想外に可愛いものがそろっており、竹中の勢いに押されたのもあって一つ購入してしまった……

まあそれはともかく。

師走《しわす》になっても恋人への誕生日プレゼントが決まらないため、もう仕方がないと率直に嶺河へ尋ねてみた。誕生日を祝いたいのだけれど、何か欲しいものはないか、と。

彼は一瞬、キョトンとした顔つきを見せた後、みるみる相好を崩して楓子を柔らかく抱き締めた。

『めちゃくちゃ嬉しい。欲しいものってないけど……そうだな、誕生日の一日、俺の我《わ》が儘《まま》を叶《かな》えてくれるか？　何か考えておく』

と、心から喜んでいる表情で恋人の顔中にキスをしつつ囁《ささや》くものだから、胸を熱くする楓子は特に疑問を抱かず頷いた。

そして誕生日の今日、夕方まではいつもの休日と同じように過ごしていた。ノワールに起こされるまで二人で寄り添いながら眠り、一緒に食事を作って誰にも邪魔されない甘い時間を過ごす。

夜は近くのホテルで食事をする予定なので、陽が落ちる頃に楓子は嶺河が買ってくれたワンピースに着替えようとしたのだが……

――視線が痛いです。

楓子は着替えている最中を人に見られることが恥ずかしい。それは素肌や己の痴態を知り尽くした恋人が相手であっても変わらず、着替えるときは彼の視線を感じない部屋へ移動するのが常だった。

嶺河はそれが面白くないらしい。そのせいで、我が儘が叶えられる今日、こうして着替えをガン見されている次第だ。なにせ彼の方は〝見る〟ことが大好きなのだから。

この性癖は本人もよく分かっていなかったらしく、楓子の方が先に気づいて指摘したところ、彼は得心がいく表情になったものだ。

そのため下着姿になった楓子が羞恥で泣きそうになりながらワンピースを手に取ったとき、嶺河が指を鳴らして「そうだ！」と子どものような明るい声を放つ。

「新しく買った下着があっただろ。あれに替えてくれ」

「下着は汚れてませんっ！」

キィーッ、と楓子が噛みつくものの、相手はさらりと受け流す。

「汚れてるとかじゃなくって、こんなときじゃないと君は着替えのたびに逃げていくだろ」

「だって……恥ずかしいし、私の裸なんて見飽きてるじゃない……」

「見飽きてない。というか恥じらう君が可愛いんだ。それに下着を脱がせたらって考えると欲情するし、その下着は俺が買ったものだと考えるとさらに興奮するし、脱いでいくときなんてエロくって——」

「あぁぁっ！　もういいから！　黙って！」

セックスの最中なら熱に浮かされているから見られても平気なのだが、冷静な状態でじっと見つめられるのは心がざわつく。彼が恋人を見ることが好きだと分かっていても。

人間の性癖は十人十色というが、それの対象が自分となると猛烈な羞恥が募る。

大人になって女子会に参加するようになれば、性癖とは実に多種多様だと嫌でも耳に入るものの、やはり慣れない。

つい先日など女性秘書のみの忘年会にて、彼氏と体の相性が合わないと破局になった同僚が、『元カレはコンドームに香りや味が付いたものとか、光るタイプや粒々加工がしてあるものなどを好むうえ、私に口で装着させるから別れたの！』と酔っぱらいながら愚痴っていた。

……それは私も嫌だな、と楓子はほろ酔い状態で思ったものである。

そのことを考えたら、嶺河の視姦《しかん》好きなど取るに足らないものかもしれない。彼がここまで興味を持って見るのは恋人ぐらいなのだから。

楓子はそう自分を納得させると、ブラジャーとショーツをノロノロと脱いで全裸になった。素早く半回転して彼に背中側を見せる。

「あのっ、代わりの下着を持ってきてくれると嬉しいんだけど」

「了解」

上機嫌で返事をする嶺河が用意したのは、花と蝶のレースがあしらわれた、華やかなデザインのブラとショーツにガーターストッキングだ。おそろいのスリップもある。

彼が選ぶ下着類は趣味がよくて楓子も気に入っている。バストラインやシルエットが美しいうえに、とても着心地がいいのだ。

彼に手助けという名のちょっかいを受けながら下着を身に着けていく。おかげで楓子の頭は羞恥による熱で沸騰しそうで、脳みそが味噌汁になりそうな気分だった。

それでもワンピースを着せてもらったら、ためらいながらも恋人へリボンチョーカーを差し出す。

「……これ、着けてくれる？」

「おおせのままに」

うやうやしく受け取った嶺河が楓子の正面から両腕を伸ばす。

赤いベルベット生地の幅広リボンチョーカーには、ネックレスのような留め具が付いており長さをうなじで調節できる。留め具からはさらに長いリボンが左右に二本垂れているため、これを喉元でリボン結びにするとまさしくラッピングされた状態だ。

やや顎を上げた楓子が目線を下ろすと、自分の見えない位置で恋人が両手を動かしている。彼の表情は実に嬉しそうで、楓子が何を思ってこのチョーカーを用意したか悟っているのだろう。

——たしかにウケてるようです、竹中さん……

プレゼントは、わ・た・し。なーんて使い古した鉄板ネタも、最初の一回目は新鮮なのだと改めて理解した。

「……できた。うん、可愛い」

嶺河が一歩下がって恋人の全身を愛《め》でる。

黒のAラインワンピースに深紅のリボンをあしらった楓子へ、彼は再び近づいて耳元へ顔を寄せた。

「このままリボンを解《ほど》いて押し倒したいぐらいだ」

蠱惑《こわく》的な誘いに楓子の胸がとくとくと高鳴っていく。磁石のS極とN極のように引かれ合ってしまう気持ちのままに、自分もまた恋人に縋《すが》りつきたくなった。しかし。

「帰って、きてから……」

「もちろん」

スッと離れた彼の表情には余裕の微笑が浮かんでいる。

いつもなら押し倒されてもおかしくないシチュエーションだが、さすがにお店の予約を入れているときは嶺河もわきまえているようだった。

やがて二人はノワールに留守番を頼むと、歩いて六分ほどで着く、会社の最寄り駅にあるホテルへ向かう。

嶺河が選んだのは中国料理のお店だった。バターやチーズを多用する西洋料理より楓子のアレルゲンが含まれておらず、店にもアレルギーがあると伝えているため安心して食べることができる。

高層階にある店の個室に案内されると、すでに沈んだ太陽の名残が空を赤く彩っていた。

わぁ、と小さな歓声を上げる楓子が窓から外を覗き込む。

地上百三十メートルからの眺めは素晴らしく、大きな窓からは飛驒《ひだ》山脈から名古屋《なごや》港までを一望できた。だんだんと夜に覆われる街に地上の光が輝きだす変化は実に美しい。

「綺麗ねぇ。夜景がとっても素敵」

恋人たちが高層階のレストランへ行く理由がなんとなく分かってしまう。単純に景色が美しくて感動するからだ。

生まれ育ったごちゃごちゃする街も、こうして高所から地上の光を眺めていると、旅先を訪れているような気分になる。

それに対して落ち着き払っている嶺河が、恋人をうながして着席させた。

彼が食前酒に選んでくれたのはシャンパンだった。共に中国酒を苦手とするため。

「ありがとう、仁《じん》。誕生日おめでとう」

「こちらこそありがとう。誕生日なんていつも忘れてたから嬉しいよ」

彼いわく、師走の忙しい時期の誕生日は、社会人になってからいつもスルーしていたという。

仕事人間らしい台詞に楓子は微笑む。

あらかじめコース料理を注文していたため、すぐに前菜の盛り合わせが運ばれてきた。北京《ペキン》ダックやフカヒレの姿煮など、贅沢な広東《カントン》料理が次々と運ばれる。

食事中はもっぱら新居の話で盛り上がった。

先日、嶺河の大学時代の先輩という男性が自宅へ遊びにきた。彼は嶺河が所有するマンションの管理を引き受けている、邦和《ほうわ》不動産の人間だという。

その人がビックリするほどイケメンなので、顔がいい人間は同類を呼び寄せるのかと楓子は馬鹿なことを考えてしまったほどだ。

彼は嶺河からマンション購入か新居を建てたいとの話を聞いていたらしく、いい土地が空いたと売り込みにきたのだ。

今いる自宅マンションと駅を挟んで反対側のエリアに、古家付きの広い土地が売りに出されたという。

『老齢の持ち主が亡くなったんだけど、土地を相続した息子夫婦は売却資金で沖縄に移住したいんだとさ。家の解体と、木がたくさん植えられているから撤去するのに費用がかさむけど、おまえなら別に構わないだろ』

彼は人懐っこいノワールを気に入ったらしく、膝の上に乗せてざっくばらんに話していた。どうやら猫好きのようで、亡くなった祖父から引き取った猫を六匹も自宅で飼っているという。

がぜん興味を抱いた楓子は話に加わり、猫を多頭飼いする際の楽しさや苦労を聞いて、初対面の男性との会話だというのに楽しい時間を過ごすことができた。

その際に、『新居を建てるなら、ペットと暮らす家の設計が得意な建築士はどうか』と言われた。知り合いに一人いるから紹介するとも。

彼が帰ってから嶺河と二人でその土地を見にいったところ、閑静な住宅街なのに会社から歩いていける距離にあったため、その後、土地について細かい説明を聞いてから購入を決めた。

「楓子に希望がなければ、施工会社は紹介された設計事務所にしようと思う」

「そうね、私も賛成よ。猫好きの建築士さんってことだからすごく楽しみ」

紹介してもらった設計事務所のサイトを見てみると、当該の建築士は愛猫との快適な暮らしを求めて家をデザインするようになり、だんだんと猫以外のペットと暮らす顧客からも設計の依頼が増えていったという。

その人が設計する猫のための家が、楓子には今から楽しみだった。

――猫屋敷ならぬ猫御殿を建てるようなものだけど。

まあ、出資者である嶺河がとても楽しそうなので自分も嬉しいし、キャットウォークを歩くノワールも見てみたい。

ああでもないこうでもないと、新居の希望を出し合いながら楽しく食事を済ませ、デザートに金木犀《きんもくせい》のゼリーや豆乳製の杏仁豆腐を味わい、柔らかい香りのジャスミンティーで喉を潤した。

このとき嶺河が茶器を脇へ移動し、どこに隠していたのか小ぶりの正方形の箱をテーブルの中央に置いて蓋を開ける。

一カラットはありそうな大粒のダイヤモンドが煌《きら》めく、眩しいほど美麗な指輪がそこにあった。

「あ……」

つい先月、嶺河に言われた言葉が脳裏に浮かぶ。

『――プロポーズの定番というと、夜景が綺麗に見えるレストランで跪《ひざまず》くとか』

そして最近の恋人はタブレットでジュエリーショップのサイトとにらめっこしては、楓子へ『ダイヤモンドだったら、やっぱりカラーレスがいいか？　今ってピンクダイヤモンドも流行《はや》ってるようだぞ』とか、『リングの素材はプラチナだけじゃなくゴールドでも作れるけど、好みはある？』と、贈る相手の意見を取り入れていた。君にとびきり似合う指輪を用意する、との約束を守ろうと。

ただ、楓子の方はそういった恋人の思いやりがとても嬉しくて、それだけで満足していたというのが本音だ。プロポーズは普通でいいと言ったのもあって、日常の何気ない瞬間に求婚されるのだろうと漠然と考えていた。恋人との温度差に照れを感じ、頬を赤く染めつつ俯いてしまう。

嶺河がクスクスと忍び笑いを漏らした。

「本来なら跪いて君に愛を乞うべきなんだけど」

「……それは、めちゃくちゃ恥ずかしいから」

「君はそういうタイプだもんな。男を傅《かしず》かせて喜ぶような人間じゃない。そんな子だから俺はどうしようもないほど惹かれて、言葉を尽くしたいと思ったんだ。──楓子」

男らしい声の中に蜜のような甘さを含んだ美声で名を呼ばれ、はい、と応える楓子の眼差しが恋人のそれと絡む。

「知っていると思うけど、俺は独善的なところがあって一人で突っ走ることも多い」

楓子は肯定する気持ちを抱いたものの、ここは否定するべきじゃないかと戸惑う。が、恋人の表情に真剣な気配を感じたため素直に頷いた。

「プライベートでもそういう面がたまに出てるって自覚はある。だけど君はそんな俺を否定せず、でも従うだけじゃなく、違う道もあるよって優しく示してくれる。——それがとても得難いことだと、君と付き合うようになって初めて理解できた。俺は結構心が狭い男だから、君の包容力を尊敬している」

テーブルの上に乗せていた右手はいつの間にか彼の両手に包まれていた。楓子も反射的に左手を添えて彼の体温を感じ取る。

恋人の温もりがいつもより熱い。ややしっとりとしているのは汗をかいているのかもしれない。

俺様な嶺河でも緊張するのかと内心で少し驚いた。もうこちらの気持ちなど知っているはずなのに、答えはイエスしかないと分かり切っているはずなのに。

愛する人に想いを拒絶されたくない彼の怖れを、楓子は心からいじらしいと思う。その気持ちを向けられているのが自分であることに、こらえきれないほどの情動が湧き上がる。

涙となってあふれそうだった。でも嶺河の言葉を一言一句漏らさずに聞いていたいため、瞬きで雫を散らして冷静さを必死にたもつ。

「短いながらも君と暮らしているうちに、君が喜んでくれると俺も嬉しいって気持ちに気がついた。君が幸せだと思ってくれたら、それだけで俺も幸せなんだと。だから自分のためにも、君がいなければもう生きていけないって分かったんだ」

愛する人から贈られる、自分を求める言葉が泣きそうなほど嬉しかった。彼が自分と同じ気持ちを抱き、同じ幸せを分かち合っていたことを知ることができて、幸福だと。

そして楓子もまた己の心の奥底に根付いた嶺河という存在が、いかに得難いものであるかを気づく。

孤独を己の周りに張り巡らせ、狭い世界の中で生涯を閉じようとした愚かな女を救い出してくれた。執着と束縛以外の愛し方を教えてくれた。

そんな彼が尊いと楓子は心から思う。

己に変化をもたらした彼の求める人が、私であることが誇らしかった。

「ありがとう。私も、あなたが喜んでくれると……、私のことであなたが幸せだと感じてくれると、嬉しい……」

「俺は、君が思っている以上に君を愛している。――どうか、君を幸せにする生涯の権利を俺に与えてくれないか」

握り合う両の手のひらにギュッと力が込められる。決して離さないと言いたげな力の強さに、楓子は頷いた。

「はい。ずっと、一緒にいてください……」

嬉しそうに微笑む嶺河が楓子の左手をすくい上げ、薬指に永遠を約束する指輪がはめられる。

自分の好みを取り入れてくれた優美なデザインが指に輝き、楓子はうっとりと指輪を見つめた。

すると次第に光の煌めきがぼやけ、硬質のダイヤモンドの輪郭が滲《にじ》む。我慢することができなくて、楓子の目尻から涙がハラハラと零れ落ちた。

すかさず嶺河が立ち上がり、恋人のそばで床に膝を突くとハンカチで涙を拭ってくれる。

結局跪かせてしまったと、二人は顔を見合わせて微笑んだ。

楓子が落ち着いてから店を出た二人は、自宅までの短い距離を手を繋いで歩く。

師走の夜風は肌に突き刺すほど冷たいが、互いに心と体が満たされて温かかったため気にならなかった。

いつも楓子は恋人――今は婚約者となった嶺河と手をつなぐとき、決めたわけではないが右手を差し出している。必然的に彼は左手という様式が定着していた。

しかし楓子は今夜、自分の左手を握って欲しいと彼に頼んだ。指輪が抜けてしまわないかと不安だったから。

サイズはぴったりなので落ちることはないと思うのだが、指輪を大事にしたいと願う彼女の気持ちを嶺河は汲《く》み取り、素直に位置を入れ替える。彼女の不安を癒すように指を絡めた。

いつもと違う立ち位置で、歩き慣れた道を進む。

なんだか新鮮で、ちょっとだけ不思議だった。普段と変わりない景色なのに違う印象を受けるようで。

自分たちの未来も、こうして少しずつ変化を受け入れていくのだろう。――たとえば家族が増えたときとか。

それを考えるだけで楓子の胸の奥底に温かな光が点《とも》る。心がほんわりと熱に包まれ、つなぎ合う手のひらも体温を上げる。

それに気づいた嶺河が顔を覗き込んできた。

「酔っぱらったか？」

「ふふ、大丈夫」

機嫌の良さそうな楓子の表情に嶺河も微笑む。彼は前方へと視線を向け、そのままの状態で口を開いた。

「なあ」

「んー？」

「遺言書を書くの、もっと後でいいだろ」

思ってもみないことを言われて、高い位置にある彼の端整な横顔を見上げる。嶺河はやはり前を向いたまま言葉を続けた。

「互いに歳を取って、子どもが巣立ってからでも遅くはないんじゃないか？　結婚したら夫婦は相続人になるんだから」

歩きながら彼を見つめる楓子は驚いていた。それというのも遺言書を用意する件はすっかり忘れていたから。

なにせあの直後に彼から告白され、しばらくして恋人関係になってと目まぐるしく変わる状況に、そのようなことを考える余裕はなかった。が、嶺河の方はそうでもなかったようだ。

……今になって彼の当時の心境に思い至る。死を連想させる遺言書を自分が用意すると聞いたとき、どれほどショックを受けただろう。

たしかに天涯孤独になったばかりの自分は、生きることに対して投げやりになっていたのかもしれない。

ごめんなさい、と言いかけた楓子はその言葉を飲み込み、「うん、そうする」と素直に頷くだけにとどめた。

「ありがとう、仁。――愛している」

心からの感謝と愛を告げれば、勢いよく彼の顔が楓子に向けられた。

「君にそう言われると、のぼせ上りそうだ。もっと言ってくれ」

「愛してるわ……これからもずっと、一生、言ってあげる……」

目元を赤く染めた楓子がはにかみながら愛を囁くから、彼の表情も蕩けそうなほど幸福に酔う。

二人は指を絡めて、微笑んで、寄り添って、歩みを合わせて、白い吐息を混ぜて……真冬の寒さを感じないほど心の温かさに包まれる。

互いの人生が一つになる喜びを、愛する人と共に分かち合いながら。

これからの長い年月を共に過ごせる奇跡に、この巡り会いに、心の底から感謝して――

あとがき

紙の本って電子書籍とはまた違う魅力があって、自分はどちらも好きです。なので自作品のページを指でめくるときは、なんとも言えない感慨を抱きますね。

お久しぶりです。このたびは『溺れるままに、愛し尽くせ』をお手に取っていただき、まことにありがとうございます！

この作品は電子書籍として発売した物語を紙書籍化したもので、紙化のお話をいただいたときは本当に嬉しかったです。

特に書下ろし後日談で、嶺河のプロポーズを書けたことが満足でした。幸薄いヒロインの楓子は本編で幸せになったのですが、未来もまた光に満ちていると示すことができて、自分の中で心残りがなくなりました。

彼らの物語を読んでくださった方が、少しでも楽しんで、お気に召していただけると嬉しいですね。

またいつか、作品でお会いできることを願って。

佐木《さき》ささめ

焦らされ御曹司がストーカーのように求婚してきます
Sasame Saki
佐木ささめ
Illustration ▶ Michiwo Komashiro
駒城ミチヲ
「俺と結婚しないか」ロンドン駐在から帰国した千秋に突然、告白を飛び越え求婚してきたのは、イケメン同僚で実は有名老舗企業の御曹司の枚岡だった。押し切られそうな同棲を断ると、今度は引っ越し先の隣の部屋に先回りして住んでいて!? 社内ではいい相談相手で、何度もトラウマから守ってくれる枚岡に、次第に恋の予感を覚える千秋。「綺麗だよ」極上の美男子の甘い声と熱い腕に、緊張する体を優しく愛撫され、ナカへ埋められて愛される幸福に包まれる。千秋は彼の逞しい体に抱きつくことしか出来なくて!? エリート御曹司の極甘恋愛包囲網☆
チュールキス
電子書籍配信中
TK
Tull kiss label

こじらせ御曹司の初恋相手が私だなんて聞いてませんっ!?
Sasame Saki
佐木ささめ
Illustration
無味子
顔の傷を厚化粧で隠している私が、なぜか転職先で御曹司の寺内取締役の専属秘書になることに。だけど、彼こそが幼い頃に傷痕をつけた張本人だった!!　忘れたふりをしていたら、彼は厳しい態度で接してくる。やっぱり嫌われているんだと、落ち込んでいたのに、ある日傷を見てから態度が豹変!?　まるで初恋相手に接するように、甘い言葉を囁いてくる。「俺はこの傷ごと君を愛している」真摯な瞳で射抜かれ、絆されていく。硬い指先が傷や身体を撫でる度に、快感が全身を駆け巡って——!!
チュールキス文庫
大好評発売中！
TK
Tull kiss label

チュールキス DX をお買い上げいただきありがとうございます。
先生方へのファンレター、ご感想は
チュールキス文庫編集部へお送りください。

〒102-0073　東京都千代田区九段北1-5-9-3F
株式会社Jパブリッシング　チュールキス文庫編集部
「佐木ささめ先生」係 ／「幸村佳苗先生」係

Tull kiss label DX

# 溺れるままに、愛し尽くせ

2019年12月31日　初版発行

**著　者**　佐木ささめ

**発行人**　神永泰宏

**発行所**　株式会社Jパブリッシング
〒102-0073　東京都千代田区九段北1-5-9-3F
**TEL**　03-4332-5141
**FAX**　03-4332-5318

**印刷所**　中央精版印刷株式会社



ISBN978-4-86669-255-5　Printed in JAPAN